「君のココは、いつ見ても綺麗だ」
そのマシュマロのような柔らかさを存分に楽しんでからレオンが言って、頂の色づいた部分を指でピンと弾く。
「ン！」
「知っていたかい？　こうして弄ると、淡い桃色から薔薇色に変わってゆくんだよ」

そのまま何度も爪弾き、爪で軽く引っ掻き、擦る。じんと鈍い痛みが走ったところで、その痛みを癒やすように指の腹で撫でさする。

「あ……あ！」

「ああ、ホラ。もう色づいてきた」

黒き覇王の寡黙な溺愛

北條三日月

white
heart

講談社X文庫

目次

黒き覇王の寡黙な溺愛 —— 6
あとがき —— 248

イラストレーション／白崎小夜

黒き覇王の寡黙な溺愛

第一章

自分の息遣《いきづか》いが、ひどく耳障りだった。

『……はぁ……はぁ……』

木々は鬱蒼《うっそう》と茂り、葉が空を覆い隠している。月の光はひとかけらも届かず、一寸先も見えない。

王宮の奥――神殿の裏に広がるその森は、禁足地だった。遥《はる》かなる古《いにしえ》より神のおわす場所と考えられており、重要な聖儀の際に心身を清めた司教・司祭だけが入ることを許される。例外はなく、王族ですらみだりに立ち入れば罰せられた。

言いかえればそこは、王ですら侵すことができない場所だった。

『……はぁ、はぁ……』

だからこそ、踏み入った。

逃げるために。

『っ……！』

不意に足がもつれて、その場に転んでしまう。当然といえば、当然だった。もう両足の感覚がないのだ。

ゆっくりと身体を起こして、足を見る。シルクの靴下にはあちこち穴が空き、血と泥で見るも無残に汚れていた。

到底、歩ける状態ではない。けれど——立たなければ。歩かなければ。逃げなければ。

『ッ……！　あ……！』

なんとか立ち上がろうとしたものの、再びその場に頽《くずお》れる。ああ、足がいうことをきいてくれない。少し休むべきだろうか。時間は——あるだろう。追ってくるにしても、この奥森に踏み入ることをすぐさま決断できるとは思えない。それは重罪だからだ。そして、そもそも奥森に逃げ込んだという可能性に思い至るかどうか。何故《なぜ》なら、それは、

『……私にとっても、大きな罪……だから…』

まるで自分に言い訳するように、ポツリと言う。

大人しい『いい子』がそんな真似《まね》をするとは、誰も思わないのではないか。

『……五分、だけ……』

だから、大丈夫。逃げ切るためにも、休もう。その方が効率がいいはず。

そう自分を納得させて、雨の匂《にお》いのする土に顔を埋めたまま、ふぅっと息をついた——

その時だった。

ガサリと茂みを掻《か》きわける音を耳が拾い、弾《はじ》かれたように顔を上げる。

『……う、そ……』

追ってきた⁉　こんなに早く⁉　どうして⁉　ここは奥森なのに⁉

まさかという思いとともに、恐怖が胸を突き上げる。

『あ……あ……』

ガクガクと全身が震える。

逃げなくては。捕まるわけにはいかない。そう思えど、怪我《けが》と疲労と恐怖から、身体が動かない。

その間にも、音は近づいてくる。まっすぐに。確実に。

『……い、や……』

ボロッと涙が零《こぼ》れる。いやだ。いやだ。お願い。来ないで。

必死の願いもむなしく、一寸先の闇《やみ》から溶け出すように現れた——黒い人影。

それがのそりと手を伸ばす。

「ッ……！　いやっ！」

思わず頭を抱えて地に伏せ、ギュッと目を瞑《つぶ》る。

そして——絶叫した。

『いやあぁあぁああ——っ！』

「――ッ！」

瞬間、一気に意識が覚醒《かくせい》する。リリィはガバッと飛び起きた。

「……え……？」

飛び起きたことにまた驚いて、ポカンとする。リリィは茫然《ぼうぜん》として、おずおずと視線を巡らせた。

そこには、森など存在していなかった。

リリィが寝ていたのは、熊《くま》が大の字で寝転がってもまだ余裕がありそうなほど大きな、天蓋《てんがい》付きの美しいベッドだった。妖《あや》しく光る金の支柱に、幾重にも重なる紫のヴェール。素肌にサラサラと気持ちがいい上質なシルクのシーツは、リリィの白い肌と限りなく白に近いプラチナブロンドが映えるという理由で、夜の帳《とばり》よりも深い漆黒。

「…………」

ヴェールの向こうで、パチンと暖炉の火が爆《は》ぜる。

床に敷き詰められた、フワフワと毛足の長い絨毯《じゅうたん》も同じ色。黒い革張りのソファーにはやはり同じく真っ白のフェイクファーのクッション。

家具は金の装飾が施された真っ白なテーブルセット。置かれた金の燭台《しょくだい》が、暖炉の炎の揺らめきを映している。

「……あ……」

すべてが最高級の物で作られているが、しかしゴテゴテとした華美な装飾はなく、黒と白と金でまとめられた美しい寝室。

ぼんやりと闇に沈む景色は見慣れたもので、何もおかしなところはなかった。

言葉を失ったまま室内を何度も見回したあと、ハッと息を呑《の》んで身体を確認する。足は全く傷ついていなかった。血も泥も穴の空いた靴下も見当たらない。

リリィは両手で口元を覆うと、ホーッと大きく息をついた。

「ああ……夢……」

夢だ。いつもの、夢。

べっとりと背中が汗で濡《ぬ》れている。まだ心臓がバクバクと大きな音を奏でている。一体どれだけうなされていたのだろう?

「……よかった……」

小さく呟《つぶや》いて、反対側に視線をやる。

そこに眠る——愛《いと》しい人の姿。

額にかかる艶《つや》やかな黒髪を、そうっと指で梳《くしけず》る。引き締まった頰《ほお》。通った鼻筋、薄くて形のいい唇。男らしいキリリとした眉《まゆ》と、長くて繊細な睫毛《まつげ》。目を閉じていてもわかる、息を呑むほどの美貌《びぼう》。

剝《む》き出しの肩は筋肉質で逞《たくま》しい。余計なものが何もない、芸術作品のような身体。

レオンハルト・ヴィルヘルム・フォン・アエテルタニス。

『永遠』という意味の名を冠するこの国、アエテルタニスの王だ。

リリィの愛しい――飼い主。

「……レオン……」

起こさないように気をつけながら、その頬を撫《な》でる。

手から伝わる体温に、ホッと安堵《あんど》の息をつく。

(夢、じゃない……)

目の前にいる主人は、現実。

リリィはようやく身体の力を抜いて、ポスンとシーツに身を沈めた。そうして、主人の腕にスリスリと額を擦《こす》りつける。

「……ん……」

反射的に――なのだろう。レオンが目蓋《まぶた》を持ち上げることなく、リリィを引き寄せて、腕の中に閉じ込める。

それだけで、ほわっと心が温かくなる。

ああ、レオンだ。レオンだ。怖い人はいない。ここには、レオンしかいない。

ここにいれば、大丈夫。

厚い胸板に再び頬をすり寄せると、リリィを包む腕にわずかに力がこもる。逞しくて、温かくて、優しい——大好きな腕。リリィは唇を綻《ほころ》ばせ、目を伏せた。

（大丈夫。あれは夢。ここにいれば、大丈夫）

何があっても、レオンが守ってくれるから。

あの夢を見るようになったのはいつからだったか——もう覚えていない。

あまりの生々しさに、そして恐ろしさに、最初はひどく取り乱した。全身がブルブルと震えて、駆けつけたレオンにしがみついて泣きじゃくった。

歳《とし》を重ねたのもあるだろうけれど、何度も繰り返し見るため慣れてしまったのもあるのだろう。最近は泣くことも、悲鳴を上げることもなくなった。

けれど、やはり恐怖に心が震える。

何故、こんなにも同じ夢を繰り返し見るのだろう？　もしかして、あれは実際にあったできごとなのかもしれないと考えたりもするけれど、それを確かめる術《すべ》はない。

夢の中ではあれこれ考えているけれど、目覚めた瞬間、それはおぼろげになって消えてしまうからだ。詳しいことは何もわからなくなってしまう。

あれが、何処《どこ》なのかも。

何故、誰から、逃げているのかも。

でも——大丈夫。

『泣かなくていい。大丈夫だ。リリィ。私が傍《そば》にいる。何があっても私が君を守るから』

レオンが、そう言ってくれたから。

『夢など恐れるな。現実に戻れば、私がいる。君が生きるべき場所には、私が。誰にも、君を渡したりしない。約束するよ』

だから、大丈夫。

泣かなくていい。

怯《おび》えなくていい。

ただ、レオンを信じていればいい。

「……レオン……」

熱い胸板に顔を埋める。

夢は夢。ただの夢だ。

この腕が守ってくれるのだから、何も心配することはない。

「……レオンがいるから、大丈夫……」

自分に言い聞かせるように呟き、目を閉じる。

レオンの腕に守られながら、再びリリィは眠りに落ちていった。

―＊◇＊―

ふんわりと鼻をくすぐる、焼き菓子の香り。リリィはふと顔を上げた。

「そろそろお茶の時間ね。ネージュ」

楽しみねと、膝《ひざ》の上の愛猫の頭を撫でる。『雪』という意味の名が示すとおり、一点の曇りもない真っ白い毛並みを、リリィはとても気に入っていた。

ふわふわしたその感触を手で楽しんで、ふと屋敷《やしき》の方を見る。

「今日のお菓子は何かしら」

四方を森に囲まれた、美しい離宮。

色とりどりの花が所狭しと咲き乱れる――リリィだけの花園。花々は柔らかく降り注ぐ陽光に輝き、爽《さわ》やかな風にその身を揺らす。

その鮮やかな色あいと、あたりを満たす甘くて優しい香り。蝶《ちょう》は軽やかに舞い、小鳥は楽しげに唄《うた》う――心地よい癒《い》やしの空間。

この国では、庭は『観賞するもの』ではなく、『散策して楽しむもの』なのだそうだ。だからこそ、自然の景観美を追求して造られるらしい。

人の手で造る、限りなく自然に近い庭――。

心の中にある、まるで絵画のような理想的風景を再現し、自分のものにする。

そう考えると、確かにレオンの国の文化だと思わざるを得ない。

志高く人々を導く、賢王と名高い偉大なる王――レオンハルト・ヴィルヘルム三世。

堅実な政治と、それでいて強気な改革で、この国を大国キュアノエイデスと並ぶ強国に押し上げたという辣腕《らつわん》者で、国民からは絶大な人気を誇る。

だからこそ——だろう。レオンは一度『欲しい』となったら我慢することを知らない。どんな手段を用いても手に入れてしまう。子供のようなところがあるのだ。

「さぁ、ネージュ。行きましょうか」

白猫を地面に下ろし、リリィはゆっくりと立ち上がった。

広い庭園内を探させるのは申し訳ない。部屋に戻ろう。美味《おい》しいお茶が待っている。

サクリと芝を踏む音に、フワリとドレスの裾《すそ》が揺れる。

狙《ねら》いすましたように、たっぷりとしたレースの中にネージュが潜り込み、リリィの足にそっと寄り添う。

リリィはクスッと笑って、ゆっくりと歩《あゆみ》を進めた。

緑豊かな煉瓦《れんが》造りの小道を抜け、邸内へ。様々な絵画が壁を彩る美しい回廊を抜けて、居間へと向かう。

「リリィ、さま……」

その時だった。聞き覚えのない声が、自身の名を紡ぐ。リリィはふと足を止めた。

「ええ、そうです。この離宮は陛下がリリィさまのために整えられたもの。よいですか？わたくしたちがお仕えするのは、リリィさまです」

重厚な飴色《あめ》のドアの向こう――それに応えたのは毎日耳にしている声だった。女中頭のミセス・ケリーだ。

歳は四十代後半といったところ。立場は『女中頭』だが、実際にこなす仕事はほとんど『家令』のそれだ。この離宮の事務・会計の一切を取り仕切り、使用人の監督も行う。

驚くほど細かく、きっちりした性格で、姿形にもそれが表れている。一筋の乱れもないひっつめ髪。スラリと背が高い上に常に背筋をピンと伸ばしているため、レオンがたまにこっそり『ミセス・鉛筆《ブルンブム》』と呼んでいることを、リリィは知っている。

「いずれ折を見て、リリィさまにあなたたちのことを紹介しますが、その前に注意を。リリィさまは、白に近いプラチナブロンドのとてもお美しい方です。瞳《ひとみ》もアイスブルー。身体のすべてが淡い色です」

小さく、「まぁ……」と驚きの声が上がる。

その密《ひそ》やかな声に、思わずドキッとしてしまう。

「ええ、この国ではとても珍しいですわ。しかしかといって、リリィさまにリリィさまのお生まれについて尋ねてはなりません。決して、です」

ピシャリとした、ミセス・鉛筆……ミセス・ケリーの厳しい声。どうやら、新人に注意事項を伝えているようだった。

（そういえば、レオンが言っていたわ。新しい者を雇ったって……。確か、メイドが二人急に辞めたとか……）

　そして、何かあったら言いなさい、と。

「同様に、リリィさまの過去についても訊《き》いてはなりません。繰り返しますが、決して。どんな小さなことでも、です。理由は今からお話ししますが――絶対に他言せぬように。よいですね？」

　ミセス・ケリーの声を聞きながら、リリィはそっと壁に背を預けた。

　立ち聞きなどはしたないと思うけれど、それでも気になってしまって、立ち去ることはできなかった。

「リリィさまは、ここに来る前の記憶を失っておられます。御自身のことを何一つとして覚えておられないのです」

　ハッと息を呑むかすかな音が聞こえる。リリィはそっと目を伏せた。

「リリィさまが覚えておられないのは、御自身についてのみ。ただ、五年間この離宮から一歩も出ておられないため、世情には少しばかり疎くていらっしゃいますけれど、でも、とても聡明《そうめい》な方です」

　再び、ミセス・ケリーがピシリと言う。

「そして、とてもお優しい。わたくしたち使用人にも気安く接してくださる――内面まで白く、お美しい御方です。あなた方も、きっとすぐに好きになってしまうことでしょう。

だからこそ、リリィさまを傷つけるようなことはしてはなりません。よいですね？」

「……はい！」

若い声が、それに応える。一人分の声。リリィは目を開け、ドアを見つめた。

（もう一人は……？）

ドクッと、心臓が跳ねる。リリィは両手で胸を押さえた。

そんな不審な人物に仕えたくなどないと、言われてしまうだろうか？

「あのぅ……」

もう一人の、おずおずとした小さな声。リリィは思わず壁に耳を当てた。

「なんです？」

「あのぅ、あのぅ……わ、私……父の紹介で、こちらに伺ったのですが……」

「ああ、あなたはアルトマイアー近衛《このえ》隊長のお嬢さんでしたわね」

「は、はい。父に、社会勉強をしてくるようにと……。あ、あのぅ、それで……わ、私、父から、『陛下が殊更に可愛《かわい》がっておられる愛猫のお世話』と聞いていたのですが……。あのぅ、リリィさまは、女性……なのですね？」

「……！」

その言葉に、思わず目を見開く。

そしてそれは、リリィだけではなかったらしい。ドアの向こうが一瞬静かになる。

それで――失言をしてしまったと思ったのだろう。アルトマイアー近衛隊長の娘さんがひどく慌てたように「あああああの！　すみません！」と言う。

しかしそれに応えたのは、ミセス・ケリーのとても珍しい朗らかな笑い声だった。

「ほ！　ほ！　そうですわね。確かに陛下は日頃からそう仰《おっしゃ》ってますわ。可愛い私の猫。私の美しい猫と。ほほ！　それも言いすぎではないのですよ。お会いすればわかります。リリィさまはまるで純白のスコウカッテルのようですからね」

ミセス・ケリーの言葉に、ほんのり顔が赤くなってしまう。それは流石《さすが》に褒めすぎではないだろうか。

（レオンったら……）

確かにレオンは、リリィのことをよく猫扱いする。私の猫と呼んで抱き締めて、優しいキスをくれる。

それはちょっぴりくすぐったくて、嬉《うれ》しい。とても大事にされているのがわかるから。

けれど――同じ調子で周りに話すのはどうかと思う。

それでは、勘違いするのも無理はない。

「そ、そうなのですね。私、てっきり……その、言葉どおりに捉《とら》えてしまって……」

恥ずかしがっているのか、近衛隊長の娘さんが早口で言う。

「で、では、陛下の御寵姫《ちょうき》にお仕えするという認識で、よいのでしょうか……？」

「まさしく、寵姫以上でしょうね」

ミセス・ケリーがクスクス笑いながら、しかしきっぱりと言う。

「この離宮には、門番と庭師以外男性使用人がおりません。家令は私が兼任しています。シェフも、力仕事などをする雑用係ですら、皆女性です。そして門番は門の中に、庭師は邸内に入ることが許されていません。もうおわかりね？　ここは男子禁制です」

パンと手を打つ音が響く。

そう――。アエテルタニス王であるレオン以外は、レオン自身の側近であろうと、国を動かす大臣であろうと、そしてどんな火急の用があろうとも、中に入れてはならない。

それは、リリィも言い含められていることだった。

用がなければ、門に近寄るのも駄目だと言われている。

「記憶を失うほどの目に遭われたリリィさまに、更なるつらい思いをさせないために――記憶を取り戻される日まで何者からも守って差し上げるために、です。それほどまでに、陛下はリリィさまを大切になさっておられるのです。リリィさまは、陛下の御命に等しい存在なのです。おわかりですね？」

その言葉に、リリィの胸がじんわりと熱くなる。

(私は、レオンの命……)

愛しさが、リリィの内を満たしてゆく。

「つまり、わたくしたちは陛下の『御命』にお仕えしているのです。そして、今日からはあなたたちもです。よぉくお仕えするように」

「はい！」

迷いのない返事は、今度こそ二人分。リリィはホッとして、数歩後ずさった。

そして、物音を立てないように気をつけながら、その場を離れた。

「そのリリィさまを傷つけるようなことがあれば——わかりますね？」

もうリリィの耳には届かないけれど、ミセス・ケリーの忠告は続く。

「よいですね？　決して、陛下の御不興を買わぬように。その時は——解雇では済まないかもしれませんよ」

ピリリとした緊張感を含んだその言葉を聞くことなく。

（よかった……）

居間へと急ぎながら、唇を綻ばせる。

『お気の毒に』と痛ましげに皆は言う。そして、ミセス・ケリーをはじめ、屋敷の者は皆こうして徹底して、自分を気遣ってくれる。

それは——正直に、嬉しいし、ありがたい。

おそらく自分の身には、とても恐ろしいことが起こったのだと思う。思い出そうとするたびに激しい頭痛に襲われ、倒れてしまう。

だからこそ、できれば『過去』からは遠ざかっていたかった。

もちろん、自分のことが何一つわからないのだ。不安でないわけがない。

(でも、私にはレオンがいてくれるから……)

レオンが公務で諸外国を巡っている際、傷つき倒れていた自分を見つけ、そのまま保護してくれたのだそうだ。

それから、五年——。この離宮でずっと一緒に暮らしている。

記憶がなかろうと、レオンがともにいてくれる。守ってくれる。これでもかというほど大切にしてくれている。

それだけで、それ以上何を望むのだと思ってしまうほど、幸せだった。

(だから——大丈夫)

ずっとこのままでいいと思っているわけではないし、やっぱり自分が何者かを知れたらそれに越したことはないのだけれど、レオンや、よくしてくれる皆に多大な心労をかけるぐらいならば、もう少し——このふわふわと柔らかく、温かく、そして甘く包んでくれる幸せの中でゆったりと揺蕩《たゆた》っていたい。

目を閉じて、耳を塞《ふさ》いで——。

(レオンも、『無理に思い出す必要はない』と言ってくれているし……)

心の何処《どこ》かでそれは甘えだとわかっていても。

しかし、自分はそれでよくとも、他人からすれば、やっぱり自分は素性の知れない——ともすれば不審人物であることに違いないのだ。

アエテルタニス国民は皆、髪色はブルネット。瞳の色は人によって様々だが、基本的に濃く、暗い色だ。中でも、王家と王家と婚姻関係を結べるほどの格式高い家柄——つまり最上位の貴族は、髪も目も漆黒なのだそうだ。

そんな——アエテルタニス国民には、身のすべてが白に近い自分は、とても異様に映るだろう。その上更に記憶喪失——自分のことが何もわからないとなれば、そんな自分には仕えたくないと思っても、仕方がないことだ。

だからこそ、不安で——とても心配だったのだけれど。

（でも、私のことを聞いても、新しい人たちは元気よく返事をしてくれた……）

少し足を速めて、両手で胸を押さえる。

よかった。ホッとした。

そして、とても嬉しい。

（ああ……。ドキドキしてきたわ……。仲良く、なれるかしら……）

できることなら、仲良くしてもらえたら嬉しい。

こんな——素性の知れない異質な自分でもよければ。

「まぁ、リリィさま。今、お呼びに行こうと思っていたのですよ」

居間に入ると、お茶の用意をしていたメイド――キャシィがニッコリと笑う。

「グッド・タイミングですわ」

「ええ。いい匂いがしたから、来たの」

今まさにテーブルに置かれたばかりなのだろう。ほんのり湯気を上げるアップルパイに思わず口元を綻ばせる。シナモンの香りが、部屋中に漂っていた。

スコーンにたっぷりのクリームと数種類のジャム。フルーツたっぷりのトライフルに、薔薇《ばら》のゼリー。生クリームたっぷりのフレーズ・バニーユ。数種のベリーのプディング。チョコレートのマフィンとバタークッキー。なんだかいつもよりもかなり豪華だ。

「え……？」

そして――ソファーにはレオン。

長い脚を組み、ソファーにゆったりと背を預けてくつろぐレオンの姿に、リリィは目を丸くした。

「レ、レオン？　どうして？　公務は？」

慌てて、駆け寄る。

そんなリリィへと手を差し出して、レオンがフッと優しく目を細めた。

「もちろん。今日の午後は空けた。大事な日だからね」

「え？　大事な日？」

「毎年祝っているだろう?」

「——! あ」

言われて、気づく。そうか。今日は——。

「私の、誕生日……」

「——そう。私が君を見つけた日だ」

レオンが白き少女を保護し——『リリィ』と名付けた日。

リリィがリリィとなった日だ。

「そっか……」

それで、テーブルの上がいつにも増して豪華なのか。

「十八歳だね。おめでとう。リリィ」

レオンが優しく微笑《ほほえ》んで、両手を広げる。

リリィも同じように笑って、その隣に腰を下ろすと、軍服に包まれた胸にポスンと額をぶつけた。

「おそらく、だけどね」

発見当時、その見た目からおそらく十二歳から十四歳ぐらいだろうということで、間を取って十三歳としたのはレオンだ。実際は——当然わからない。

「いいんだよ。元の君はどうあれ、『リリィ』は今日で十八歳だ。それは間違いない」

大きな手が、リリィの髪を優しく撫でる。

「何故なら、私がそう決めたからだ」

「ふふ。――うん。それでいい」

リリィのすべては、レオンのものだから。

「じゃあ、今日はもうずっと一緒にいられるの？」

「ああ」

「やった！」

小さく叫んで、その背に腕を回す。

すると、当然のように、逞しい腕がリリィの身体を包み込む。

「プレゼントもたくさん用意したからね」

「え……？　でも、私……レオンが傍にいてくれるだけで充分なのに」

「私が、あげたいんだよ。リリィを可愛がるのは、私の一番の楽しみだからね。もちろん着飾らせるのも。リリィの笑顔は、何にも勝る喜びだ」

「そうなの？」

「もちろん。私は、何よりも、誰よりも、リリィが一番大事だからね」

レオンが真面目《まじめ》な顔をしてリリィを覗《のぞ》き込み、リリィの頭をポンポンと叩《たた》く。トクンとリリィの心臓が跳ねた。

（ああ、本当に好き……）

幸福感にトクトクと速まる鼓動とともに、身体の温度が上がってゆく。

この日々が、この幸せが、ずっと続くといい。

心から、そう願う。

「それ、王さまが言っちゃ駄目な言葉じゃないの？　そこは嘘《うそ》でも国と民が一番大事って言わなきゃ」

からかうように言うと——けれど、レオンの方が一枚も二枚も上手だ。とっても素敵なウインクとともに、やり返されてしまう。

「王さまだからこそ、嘘をつくわけにはいかないだろう？　ホラ吹きの王さまなんて、民から信頼してもらえると思うかい？」

「ものは言いようだね？」

「そりゃそうさ。上に立つものが口下手ではやっていけない」

レオンの悪戯《いたずら》っぽい笑みに、更に心臓が音を奏でる。

リリィはクスクス笑いながら、レオンの胸に頰ずりをした。

「ふふ……。本当に、嬉しい。ありがとう。お祝いのスイーツも……」

テーブルに大きなティーポットを運んできたキャシィを見る。

「凄《すご》く、凄く、美味しそう……！　ねぇ、アップルパイがあるってことは……」

「ええ、もちろん。紅茶は、林檎《りんご》の皮を使ったアップルティーを用意してございますよ。あとは甘いミルクティーも」

「やった……！」

思わず、片手を握り締めて、笑う。

ソファーの足元にいたネージュがキャシィの傍まで行き、お行儀よくちょこんと座る。

キャシィがリリィの前にティーカップをセッティングしながら、にっこりと笑った。

「ふふ。ネージュにもミルクを用意しますからね」

ネージュがわかったとでも言わんばかりに「みゃあ」と鳴く。

目の前の薔薇の模様が美しいティーカップに、琥珀《こはく》色の液体が注がれる。

林檎の甘い香りを胸いっぱいに吸い込んで、リリィはキャシィを見上げた。

「ええと、皆は……」

「もちろん、すぐに来ますよ。陛下が同席を許してくださいましたので」

本来、使用人如《ごと》きが王とテーブルをともにすることなど、許されることではない。絶対あり得ないことと言ってもいい。

だが、毎年この日は例外だった。

皆で、ともにお茶を楽しむ。

レオンを見上げると、黒曜石のように美しい漆黒の瞳がリリィを映す。

「許可するも何も、私が同席させてもらう立場なんだけどね。リリィはいつも皆とお茶を楽しんでいるんだから。それなのに、毎年律儀に事前に書面を用意して許可を求めてくるあたり、ミセス・鉛筆のキッチリっぷりは健在だね。まぁ、だからこそ信頼して、離宮の管理とリリィの世話を任せられるわけだけど」

「……その『ミセス・鉛筆』は、ミセス・ケリーの前では言わないでね？」

『アフタヌーンティーは、皆で』

それが、リリィが皆にお願いした唯一のことだった。

得体の知れない自分なんかに仕えてくれる皆と、ひとときを過ごしたい。

ありがたいことに皆は笑顔でそれを承諾してくれて――だから毎日、この時間になると皆が仕事の手を一旦《いったん》休めて、居間に集まってくれる。

この五年――一日も休まず続いてきた習慣だった。

確かにそう考えると、年に一回、レオンがお邪魔していることになるのだけれど。

しかしそれでも、身分の違いは絶対だ。王が参加するとなると、普通は使用人の同席は許されなくなる。

だが、レオンは許してくれるのだ。

ここが他者の目が届かない離宮だということもあるけれど、レオンはこういうところはとても鷹揚《おうよう》だ。懐が深い。

リリィのためというのも大きいのだろうが――こういうところが、国民の心をつかんで離さないところでもあるのだろう。

(嬉しい……)

王は、国のもの。そして、民のものだ。わかっている。

それでも――今日、ここにいるレオンは、自分だけのものだ。

それが、嬉しい。死んでしまいそうなほど、嬉しい。

幸せだと思う。

記憶がなくたって、レオンがいてくれる。皆がいてくれる。それ以上、何を望むことがあるのだろう?

これ以上は、何も望まない。

ただ、この幸せがずっと続くといい。

それだけを――願う。

「ハッピーバースディ。私のリリィ」

愛しい人の、柔らかな笑み。

リリィはそっと目を閉じ、その逞しい胸に顔を埋めた。

「ありがとう。大好きよ。レオン」

—＊◇＊—


「ああ、楽しかったわ……！」

ボフッとマットレスに身を投げ出し、リリィがひどくはしゃいだ様子で言う。

レオンは頬を高揚させたリリィに満足げに目を細め、その隣に腰を下ろした。

「それはよかった」

「立食形式で皆と一緒に食べるディナーは最高に美味しかったわ。デザートもバースディケーキも素晴らしかった。皆と一緒にお風呂《ふろ》に入るのってとっても楽しいわね。ついつい長風呂してしまったわ。薔薇の香りも素敵だったし」

漆黒のシーツの上をコロンと転がり、リリィがレオンを見上げて、花のように華やかで太陽のように晴れやかな笑顔を浮かべる。

「来年が待ち遠しいわ」

「もう来年の話かい？」

レオンがクスッと笑って、手を伸ばしてリリィの髪をすくい上げた。

「そんなに喜んでくれるなら、定期的にこういう機会を設けてもいいんだけれどね」

「それは駄目」

しかしそれには、はっきりと首を横に振る。

「ミセス・ケリーが言っていたわ。今日は特別なんだってことを忘れては駄目ですって。王に直接お声かけできるのは、最上級の貴族のみ。直答を許されているのも、貴族と国の要職に就いている者のみ。王とテーブルをともにできるのは、王族と国賓レベルのゲストのみ。それがこの国の慣習です。わたくしたちは、もちろんそのどれにも該当しません。今日が特別なだけです。勘違いしてはなりませんよって……お風呂で」

「……ミセス・鉛筆だなぁ。風呂でぐらい、説教は止《よ》せばいいのに」

「私のために、一日だけ慣習に目を瞑ってもらってる。それだけでも凄いことなんだもの。それで充分。王さまの立場が軽くなってしまうのは、駄目」

「最上級の貴族だろうと、大臣だろうと、この離宮には入れない。だからこの中のことは彼らは知らないんだよ？　黙っていればわからないのに？」

「ホラ吹きの王さまは駄目だって言ったのは、レオンよ？」

クスクス笑って、リリィはレオンへと手を伸ばした。

「私のために、嘘をつくなんて、駄目。大事な臣下を騙《だま》すなんて、駄目。ねぇ、レオン。私は本当に幸せなの。これ以上はないというぐらい」

本当に、充分に満たされているのだ。これ以上は必要ない。

レオンがそんなことまでする必要はない。

「一年に一回で充分なの」

それでも、自分には過ぎた幸せだと思う。

レオンの手を両手で包み、リリィの髪を絡めて遊んでいた悪戯な指にそっとくちづけをする。

「それだけで、本当に充分なのよ」

それなのに、これ以上を望んだらバチが当たってしまう。

「リリィ……」

レオンが唇を綻ばせ、リリィの上に上半身を被《かぶ》せる。

熱を持った漆黒の瞳に、艶めいた漆黒の濡れ髪に、額に押しつけられた形のいい唇に、ドキンと心臓が大きな音を立てる。

「レオン……」

「……リリィももう十八歳だ。一人前の、大人の女性。——ねぇ、リリィ」

リリィの唇に触れるだけのキスをして、レオンがじっとリリィを見つめる。

美しい一対の黒曜石が、まるで誘うように妖しく煌《きら》めいた。

「君を、私のものにしていいかい？」

「……！」

その言葉に、思わず目を見開く。

「それ、は……」

一拍置いて、意味を理解する。

更に心臓が跳ねて、リリィはかぁっと頬を赤く染めた。

「わ、私は……レオンのものよ？」

吸い込まれるようにレオンを見つめたまま、言う。

「五年前からずっと、レオンだけのもの……」

ドクドクと心臓が早鐘を打ち出す。

「だから、レオンの好きにしていいの……」

それはどんどんと強く、そして早くなっていって――息が詰まってしまって、なんだか上手《うま》く言葉が出てこない。リリィはふるりと身を震わせた。

（違う。ええと、こういう言い方じゃなくて……）

そうじゃない。レオンが望むなら、そうする。自分はどうでもいいみたいな言い方では駄目だ。そうじゃない。ちゃんと言わなくては。

自分も、そうしてほしいのだと。

「……っ……」

リリィは高鳴る胸を両手で押さえて、ゴクリと息を呑んだ。

二年ほど前からだろうか。レオンは時折、リリィに触れるようになった。

最初は、キスと――ほんの少し胸に触るだけだった。はじめて果てることを知ったのはそれから三ヵ月後のこと。

少しずつ、少しずつ、レオンはリリィの身体に快感を覚えさせていった。

けれど——いや、だからこそ、と言うべきだろうか？　回を重ねるごとに、その行為がまだ『男女の営み』と言うべきものではないことに、リリィは気づきはじめていた。

それは、その先にあるものだと——。

だけど、待っても、待っても、レオンはリリィに『その先』を教えてくれなかった。

ああ、そうか。私はレオンの猫だから——愛玩動物《ペット》だから、恋人ではないから、『その先』を知ることはできないのだと——いつからかそんな風に考えるようになっていた。

それは、愛し合う男女がするコトだから、と。

(その先を、教えてくれるの……？)

嬉しくて、それだけで心臓が破裂してしまいそうだった。

(私と、『愛し合って』くれるの……？　私、なんかと？)

それは、なんという幸せだろう。

「……教えて。レオン」

震える唇で、紡ぐ。

「愛されることを、教えて」

「リリィ……」

レオンがうっとりと目を細める。

熱に潤んだ黒曜の瞳に映る自分を覗き込んで、熱心に言う。

「全部、全部、教えて。レオンでいっぱいにして」

身も心もすべて余すところなく、レオンのものになるために。

「私のすべてを、所有して……」

震える声で紡がれた熱い願いに応えるように、レオンがリリィに覆《おお》い被さる。

唇が——重なった。

優しく触れ合うだけのキス。

「……ん……」

両腕をレオンの首に回して、キス。

相手の心を確かめるように見つめ合い、またキス。

キス・キス・キス——。互いの唇の柔らかさや甘さを感じながら、想《おも》いのままに何度もキスをする。

「……リリィ……」

「……レオン……」

切なげに自分を呼ぶ声に、体温が上がる。

それはおそらく、レオンも同じなのだろう。リリィを包む身体は、とても熱くて——。

「……ん、ふ……」

結んでは、解く。その甘さに酔《よ》い痴《し》れるように、キスを繰り返す。

ちゅくんと音を立てて少し強めに啄《ついば》まれ、下唇に歯を当てられる。そうして熱い舌がそっとリリィの唇をなぞる。

そのかすかな——けれど艶《なま》めかしい水音に思わずゾクリと背を震わせると、それに気をよくしたように、その舌が中へと入り込んでくる。

「ん、ふ……」

小さく口を開けて、レオンを迎え入れる。

二人の熱い吐息が混じり合って、更にキスを甘くする。

(ああ、レオン……)

これまでにもキスは飽くほどしているはずなのに、どうして今日はこんなにもドキドキするのだろう?

「ふ……ぅ……」

甘くて、気持ちよくて、眩暈《めまい》がしそうだった。

「ん……ぅ……」

レオンの舌先がねっとりとリリィの歯列をなぞる。下唇に歯を当てられ、そのまま再び唇を吸われる。

ちゅく、ちゅくという卑猥《ひわい》な音に、ゾクゾクと背中が震えてしまう。

「……ふぁ……あ……」

唇が重なるたびに、じわりじわりと体温が上がってゆくようだった。

まるで身体の奥に火を灯《とも》されたかのよう。

「……はぁ……！」

吐息まで、熱い。

「ん……レオン……」

「……リリィ……」

レオンの舌が奥まで入り込んできて、口腔《こうこう》内を揺蕩う。歯の裏を、頬の裏を、上顎《うわあご》を、思うままにねぶる。

そうしてリリィのそれと重なり、絡み合う。

唾液《だえき》を掻き混ぜるような生々しい音に、更に身体が熱くなる。

(溶けて、しまいそう……)

あるいは、そうなのかもしれない。

溶けて、レオンと混じり合って一つになるための熱なのかもしれない。

「ん……ふ……」

角度を変えて、更に深く。レオンがリリィの舌を強く吸う。誘われるままに口を開けて舌を出すと、レオンが口唇《こうしん》でくちゅくちゅと扱《しご》き、自らの舌とねっとりと絡ませる。

「ふ……ん……」

注ぎ込まれる蜜《みつ》を喉《のど》を鳴らして飲み込むと、それがまた燃料となって、身体の奥の炎が更に燃え上がる。

（ああ、レオン……）

それは、愛しさだった。熱く、熱く、燃える想い――。

「リリィ……」

レオンがリリィを呼ぶ。

熱く、甘く、そしてひどく切なげに。まるで、愛を強請《ねだ》るように。

「私のリリィ……」

「……レオン……」

「ああ、私の白猫……」

うっとりとレオンが囁《ささや》く。

「美しいリリィ……。私のリリィ……」

「レオン……」

「愛しているよ。リリィ……」

「っ……レオン……」

その愛の言葉に、胸がきゅうっと締めつけられる。

背中を駆け上がる寒気に似た何かにゾクゾクと背を震わせ、リリィはレオンの首に回した腕に力を込めた。

愛が、全身を満たしてゆく。

「レオンっ……！」

愛しくて、愛しくて、涙が零れてしまいそうだった。

その代わり——なのだろうか？　身体の中心にある灼熱《しゃくねつ》の溶解炉から、トロリと何かが溢《あふ》れる感触がする。

「……あ……ん……」

「リリィ。愛しているよ。私の白猫」

「ン……レオン……」

レオンの指が、ネグリジェのボタンを外す。

一つ、また一つ——飽くことなくキスをしながら、次々と。

「ん、あ……」

上質なレースがさらりと肌をすべる。そのかすかな刺激を追うように、熱い手がリリィの肌を撫でる。

「ああ、素晴らしいよ。リリィ……」

すっかり露《あらわ》になった白く、華奢《きゃしゃ》な身体に、レオンがうっとりと目を細める。芸術的なその曲線は、ひどく清らかなのに、ゾクゾクするほど扇情的だった。

まじまじと見つめられて、リリィはかぁっと顔を赤らめるとフィッとそっぽを向いた。

「あんまり、見ないで……」

「それは無理というものだよ。リリィ」

レオンがクスッと笑って、リリィの胸を手で包みこむ。

「こんな綺麗《きれい》なもの、目に焼きつけずにはいられないよ」

「そんな……ん！　あ……」

レオンの大きな手が——しかしその手に収まり切らないその豊かな膨らみをやわやわと優しく揉《も》みしだく。

「ん、レオン……」

「君のココは、いつ見ても綺麗だ」

そのマシュマロのような柔らかさを存分に楽しんでからレオンが言って、頂の色づいた部分を指でピンと弾く。

「ン！」

「知っていたかい？　こうして弄《いじ》ると、淡い桃色から薔薇色に変わってゆくんだよ」

そのまま何度も爪弾《つまび》き、爪《つめ》で軽く引っ掻き、擦る。じんと鈍い痛みが走ったところで、その痛みを癒やすように指の腹で撫でさする。

「あ……あ！」

「ああ、ホラ。もう色づいてきた」

レオンが楽しげに言い、硬さを持ちはじめたその尖《とが》りをきゅんと摘む。リリィが甘い声を上げてビクンと身を弾かせると、それを更に捏《こ》ね、押《お》し潰《つぶ》す。

「あ……！　ん、は……」

「肌も……。君のはとても白いから、簡単に薔薇が咲くんだ」

「んっ……！」

レオンがうっとりと言って、リリィの首筋を強く吸う。チクンとした痛みに、リリィは更に甘く鳴き、身を捩《よじ》った。

「あ……あ！　レオン……」

「ホラ、ね……。リリィは薔薇が好きだから、この身体にも花園を作ろう」

「え？　あ……や……レオ……ンン！」

首筋を、鎖骨を、胸元を、レオンの唇が這《は》う。時折、ちゅうっと強く吸って、リリィの白い肌に赤い薔薇を咲かせながら。

「あ、ん……ん！」

レオンの濡れた髪が白磁を滑る。唇がそれを味わい、悪戯な指は胸の頂の尖りを執拗《しつよう》に弄《もてあそ》ぶ。そのすべての刺激がないまぜになって、甘い痺《しび》れとなって全身に広がってゆく。

「あ、あ……！」

熱い身体は、リリィを優しく包み、奥の温度を上げる。すると、下腹部がとても切なくなってくる。

「……ん、ぅ……」

リリィは思わず奥歯を噛《か》み締め、ブルブルと身を震わせた。

まだ触れられていないにもかかわらず、下腹部が疼《うず》く。まるで、早くと催促するように。そのはしたなさに、顔が焼けてしまいそうだった。

（そこで感じる快感を、もう知ってしまっているから……）

長い時間をかけて、じっくり教えられたから。

だから——身体が欲してしまう。

（はしたない……。恥ずかしい……。でも……）

身体の奥の炎が更に熱を上げて、両足の間が潤んでゆく。

身体が、欲しいと叫んでいるようだった。

「……あ、あ……！　レオン……！」

「……リリィ……」

甘く、熱っぽく、愛しい人が自分を呼ぶ声に、また下腹部がきゅうんと切なくなる。

「ン……ふぁ、あ……レオ……ン！」

ちゅうっと強く吸いついて淫《みだ》らな痕《あと》を残しては、そのチクンとした痛みを癒やすようにねっとりと淫靡《いんび》にねぶる。

同時にレオンの手が、豊かな膨らみを円を描くように揉みしだく。

そして中心の突起を指で撫で、捏ね、押し潰して、更に引っ掻き、爪弾き、きゅうっと強く摘む。

「んっ……！　は、ぁん……！　ン、ン……」

下腹部の疼きはどんどん酷《ひど》くなっていき、もう少しもじっとしていられなかった。息が乱れて、ひっきりなしに鼻にかかったようなあられもない声が漏れてしまう。

「ん、く……ぅ……」

ゾクゾクと背を震わせ、身を捩る。

「ああ、リリィ……。私の白猫……」

その扇情的な姿に、レオンが満足げに口角を上げる。

「……は、ん……！　あ、あぁ……レオン……」

「ココも綺麗に色づいたね」

レオンがそう言って、ピンと指で弾いた胸の頂をちゅぷりと口に含む。生温かい感触に包まれて、リリィは更に甘い声を上げた。

「ん、あ！　や……んっ……」

そのコリコリした突起をレオンの口唇が扱き、舌が舐《な》め転がす。

そこから生み出される甘い疼きが、さざ波のように全身へと広がってゆく。

「ン！　ふ……あ……！　レオン……！　ああ！」

ちゅくちゅくと舐めしゃぶられて、舌で嬲《なぶ》られる。

もう片方も指でコリコリと弄ばれ、摘まれ、引っ張られ、今度は手の平全体で押し潰すようにして、膨らみを揉みしだかれる。

「ん、ふ……う、あ……！　あ、ン！　は……んん……！」

左右で色の違う――いや、それだけじゃない。常に色を変える快感に身を弾かせ、喉を仰《の》け反《ぞ》らせる。

あらぬ場所の切なさがますます酷くなってゆき、トロトロとはしたないものが溢れる。

腰が自然と揺らめいて、甘い鳴き声が止まらない。

「ふ、あ……！　はぁ……ん……！　ン、ン！　あ……レオン……！　レオン……！」

腰をくねらせ、膝を擦り合わせて、必死にレオンを呼ぶ。

「……欲しい？」

レオンがリリィの胸の飾りに歯を当て、笑う。そして、その大きな手をゆっくり下へと移動させる。

「……！　あ！　あ！　レオン……！」

「随分ともじもじしているけれど。いいよ？　言ってごらん？　弄ってくださいって」

「っ……！」

悪戯っぽい声に、かぁっと顔が赤くなってしまう。

「……そ、そんな……」

「違うの？　じゃあ、触ってあげないよ？」

「っ……！」

両足の間に潜り込もうとしていた手がピタリと止まる。リリィはビクッと身を震わせ、妖しく微笑むレオンを見つめた。

「やぁ……！　レオン……！　意地悪、しないで……！」

「意地悪をしているつもりはないなぁ。リリィの望むことはなんでもやってあげるよ？　だから……わかるよね？」

あえて言わせようとする――それが意地悪だと言っているのに。

でも、レオンは意地悪だけれど、それを言わない自分はズルいようにも思う。

望みは、口にしなければ。

（一番の望みは、口にできないから……）

せめて、それ以外のことはちゃんと自分の口で伝えなければ。

「っ……！　さ……」

かぁーっと更に顔が熱くなる。もう火が噴き出しそうだった。

恥ずかしくて、恥ずかしくて、たまらない。

それでも必死に、言葉を紡ぐ。

その一言を。

「触っ、て……」

そのか細い声に、レオンが満足げに微笑む。

「――よくできました」

「ンっ……あ、ああ！」

両足の間に忍び込んだ指が、既に溢れる蜜でしとどに濡れた秘所に辿《たど》り着く。

そのぬるりとした感触に、リリィはゾクゾクと背を震わせた。

「あ、ン！　レオ……！　ああ！」

「ああ、こんなにトロトロにして……」

レオンが、くちゅくちゅと――その淫靡な音をリリィに聞かせるが如く、浅いところを掻き混ぜる。

「んっ……！　あ……！　あ！　レオン……！　そんな、音……」

音を立てないで。

そう言おうとした瞬間——しかし蜜を纏《まつ》わらせた指が、まるで言葉を封じるかのように愛泉の上の突起を引っ掻く。

刹那《せつな》、身体を貫いたビリビリとした快感に、リリィは背中を引《ひ》き攣《つ》らせ、あられもない声を上げた。

「あぁ！　あ、あ！　ンン！　レオン……！」

目の前が白く染まる。肌が粟立《あわだ》つ——いや、体中の産毛《うぶげ》が逆立つようだった。爪先《つまさき》まで力が入り、びくんびくんと身体が跳ねる。

「あぁ、あ……ン！　ン！　あぁ、あ……！」

「ホラ、リリィはココを弄られるのが好きだろう？」

ぬめる指が、花芽を弄ぶ。

「あ、んっ……！　ふぁ……あ、んん！　はぁ、ん！」

それを更に指先で弾き、擦り、嬲る。そのたびに激しい快感が全身を貫き、腰が揺れてしまう。

奥からいやらしい匂いのする蜜がトロトロと溢れて、内腿《うちもも》を濡らしてゆく。

「あ、あ！　レオン！　ぁあっ……！　変に……なっちゃ……！　ンン！」

「そう？　それはいいね。もっと変になって。淫らに乱れるリリィが見たい」

レオンがまるでねだるように、リリィの眉間《みけん》にキスを落とす。

「君の乱れる姿を見るのが好きなんだ。淫らで、それでも一片の穢《けが》れもなく美しい……。知っているだろう？」

リリィは強すぎる快感に身を捩りながら、それでも小さく頷《うなず》いた。

知っている。レオンのお決まりの言葉だから。

（でも、穢れない、なんて……）

そんなわけはないのに。

（私は、そんな綺麗な存在《モノ》じゃない、のに……）

素性もわからない不審な者。

立場もわきまえず、一国の王に懸想する者。

そして、大それた望みを胸に抱く、浅ましき者なのに。

「ん、ぅ……あ、あ、あ！」

その望みを口に出すほど愚かではないけれど——それでもそんなモノを胸に抱えている自分は『綺麗』なんかじゃない。それだけは確かだ。

「ん、あぁ……ふ、ぅ……ん、ン、んっ……！」

愛している。

愛している。

リリィにとっては、レオンがすべてだ。

リリィの世界は、この離宮に限られている。それ以外は、すべてが未知。

レオンの用意した宮殿で、レオンが用意した使用人たちと、レオンのために生きる。

その暮らしは、まさに愛玩動物のそれだ。

だったら――レオンの心を欲しがるなど、愚の骨頂だ。

ましてや、レオンは一国の王だ。王として、生まれは確かで、血筋は正しく、後ろ盾もしっかりした王妃を迎え、子を生《な》さなくてはならない。国のため、民のためにだ。

それが、王たる責務。

どれだけ世間知らずでも、そのぐらいのことはわかる。

そして、自分はその条件に一つも当てはまっていないことも。

「ん、ぅ……！　あ、あぁ、あ！」

リリィは、レオンのものだ。

けれどレオンは、リリィのものではないのだ。

「ああ、レオン……！　ン、あ……ふぁ、あ、んっ……！」

リリィがすべてを捧《ささ》げたところで、レオンの一片たりともリリィのものにはならない。

「ふ、ぅ……ぁあ、あ、ン！　あん！　ふぁ、あ……！」

わかっている。

わかっている。

けれど――望んでしまう。願ってしまう。

「あ、ぁ……あ！　ン！　レオン……！」

ずっとこうしていたい。

ずっとこのままでいたい。

欲しいものは、レオン。

願うものは、不変。

明日も、明後日《あさって》も、一年後も、十年後も、レオンとともに在ること。

愛し、愛されて――死が二人を分かつまで。ずっと、ずっと、一緒に――。

「あ、ん！　レオン……！」

けれど、それは言葉にできない。否――言葉にしてはいけない。

何故なら、それは望んではいけないことだからだ。

愛玩動物の分際で、レオンを欲しがってはいけない。

ひととき愛《め》でてもらえるだけで、満足しなくてはならない。

口にすれば、レオンを困らせるだけではない。もしかしたら、不快にさせてしまうかもしれない。いや、その可能性が高いだろう。

そう思うと――怖かった。

リリィを煩わしく思ったら、もうここには来てくれなくなるかもしれない。

そうすれば、リリィはひとりぼっちになってしまう。

「ッ……！」

それだけは、絶対にいやだった。

思わず、奥歯を噛み締める。

王として、一度保護したリリィを放り出すことはしないだろうけれど、それでもいつかレオンはこの離宮に来なくなるだろう。

王妃を迎えた時に。

真《まこと》に愛する者ができた時に。

こうして、レオンに抱かれることができる時間は、あとわずかだ。

「ん、ふ……あ、あ！」

（私、綺麗なんかじゃ、ないわ……）

国のことも、民のことも、王であるレオンのことも――すべて度外視して、そんな日が来なければいいなどと思う自分が、綺麗なわけがない。

むしろ、自分ほど強欲で薄汚い人間はいないのではないか。

身に余るほどの幸運を与えてもらいながらも、しかしそれで満足せず、決して望んではいけないものを欲し続けているのだから。

そして、そんなドロドロした欲望を抱えながらも、レオンが愛でる『一片の穢れもない綺麗な者』でいようとしているのだから。望みを必死に胸の奥に隠し、蓋《ふた》をして。

（ああ、レオン……！）

甘すぎる愉悦に歯を食い縛り、身をくねらせる。

（望みを口にしたりは、しないわ。レオンを困らせたりしない。だから、今だけ……）

今だけ。

今だけでいいから、傍に置いて。

「あぁ、あ……！　レオン……！」

愛玩動物としてでいい。少し珍しい猫としてで構わないから。

愛して――。

「あぁ！　んっ……ふぁ、あ！」

ぷっくりと自己主張をはじめた突起をヌルヌルと弄りながら、リリィの首筋に、鎖骨に、胸元にと、レオンが舌を這わす。ねっとりと――存分に味わいながら。そして頂の尖りを口に含んで、ちゅくちゅくと口唇で扱き、更には舌で転がす。

「あ、はあ、ぁ……あ！　んぅ……ン！」

触れてもらっているはずなのに、下腹部の疼きはますます酷くなる。

「あ、ん……！　んっ……！　レオ、ン……！」

本能が叫ぶ。違うと。そこじゃない。そこも凄く気持ちいいけれど、違う。欲しいのはそこじゃない。もっと奥だと。

「あ、あ……！　レオン……！」

「……わかっているよ。欲しいんだろう？　リリィ。そう言ってごらん」

漆黒の双眸《そうぼう》が、白く美しいものを映す。

「おねだりして。私が欲しいと」

「っ……！」

じわりと、涙が浮かぶ。

（ああ……）

それを、快感をねだるのではなく、口にしたかった――。

だけど、言える。今なら、言っても許される。

「ああ、ちょうだいっ……！」

想いを吐露しても、快感をねだっているのだと解釈してくれるから。

その機会を逃すことなど、リリィにはできなかった。

「レオンを、ちょうだい……！」

大好きな黒き王を見つめて、必死に言う。

「レオンが、欲しいのっ……！」

「っ……！」

レオンの指が、蜜壺《みつつぼ》に押し入ってくる。

その圧迫感に、リリィは思わず甘い鳴き声を上げた。

「あぁ、あ！　あ！」

「ふふ。熱く蕩《とろ》けているのに……」

レオンがたまらないといった様子で口角を上げる。

「離すまいとぎゅうぎゅう締めつけてくる。貪欲《どんよく》だね。本当に、可愛いよ」

「あぁ、あ……ん！　レオン……！」

リリィの透明な蜜がレオンの手をしとどに濡らす。そして更に溢れて、シーツに滴って卑猥な染みを作る。

「あ、ぁあ……！　ン、や……あぁ、あ……！」

その指が行き来をはじめる。はじめはゆっくりと。リリィを傷つけないように。

「あ、ン……！　はぁ……ん！　レオン！　レ、オ……！　あ、あぁ！」

けれど、それは次第に速度を増し、そして大胆に、激しくなってゆく。

「あ、あ、んっ……！　ふ、ぁ……はぁん……！　ン！」

ぐちゅぐちゅと、リリィの蜜壺を掻き混ぜる卑猥な水音が寝室内に満ちてゆく。

あられもないリリィの嬌声《きょうせい》とともに、室内の空気をひどく濃密なものに変えてゆく。

「ふぁ、あ……！　ン、レオ……ン！　ぁあ、あ！　は……んぅ、あ……！」

漆黒のシーツを握り締め、喉を仰け反らせる。甘い声を吐き散らしながら、艶めかしく腰をくねらせる。

白い肌は薔薇色に染まり、アイスブルーの瞳は生理的な涙に潤み、桜色の唇はリリィとレオンの唾液で妖しく濡れ光っている。その隙間《すきま》から、吐息とともに赤い舌が覗く。

指をつき挿《い》れられるたびに、胸の豊かな膨らみが揺れ、その頂の尖りは色を濃くする。

雫《しずく》に濡れた長い睫毛が、切なげに寄せられた眉間の皺《しわ》が、肌にじわりと滲《にじ》む汗が、どれほど男の――レオンの情欲を駆り立てるものなのか、リリィは知らない。

そんなことを、気にする余裕など、もうない。

ただ、気持ちよくて――苦しいほどで、他のことなどもう考えられない。

「あ、あ……！　レオン……！　あ、ン！　レオン……！」

「ああ、リリィ……。私の白猫」

レオンの舌が、上の尖りを執拗に弄ぶ。

そしてその指が、下の尖りを、同じく執拗に嬲る。

愛泉をこれでもかと掻き回しながら。

「あ、あ……！　あぁあ、あ！　ン！　はぁん！　レオン……！」

意識が高みへと、追い上げられてゆく。

「あ、あぁあ……！　レオンっ……！」

「ホラ、お達《い》き」

レオンが胸の飾りに歯を当て、誘う。

「ン……！　レオ、ン……！　ン……あぁあぁぁあぁ！」

爪先まで、引き攣る。大きな愉悦の波に反射的に逃げを打つ身体を、レオンはシーツに押しつけ、更に奥を穿《うが》つ。

目の前が真っ白に染まる快感――。

「――ッ！　あ、あぁあぁあ！」

背を弓なりに反らして、腰をガクガクと揺らす。

それでも強すぎる愉悦を受けとめ切れず、ふぅっとシーツに沈み込む。

「……あ……ぁ……ン……」

「……ふふ。本当に可愛いよ。リリィ」

ひくひくと収斂《しゅうれん》を繰り返す隘路《あいろ》に埋め込んだままの指を蠢《うごめ》かせて、レオンが言う。

指を増やして、ゆっくりと。小さく円を描くように。内壁を優しく押し拡《ひろ》げてゆく。

「あ、ぁ……」

ゾクリと背が震える。肩で息をしながら、リリィは妖しく微笑むレオンを見つめた。

（やっと……。やっとだわ……）

リリィのすべてを、レオンのものにしてもらえる。

リリィはふるりと身を震わせると、レオンへと両手を伸ばした。

「この『先』を……教えて。レオン……」

「リリィ……」

「私のすべてを、レオンのものにして……」

そうして、飽きるまででいいから、可愛がって。

身体だけでもいいから、愛して。

「……本当に可愛いね」

レオンがクスッと笑って、リリィの中から指を引き抜く。

「あ……」

その喪失感に、再びふるりと身を震わせる。

レオンは漆黒のガウンを脱ぐと、リリィの華奢な身体を引き寄せた。

「っ……！　あ……！」

蜜を溢れさせる愛の泉に、固く、熱く、滾《たぎ》ったモノが押し当てられる。

「ああ、レオン……」

「愛しているよ。私のリリィ」

「っ……！　レオン……」

「愛しているよ。可愛いリリィ。私の白猫」

「……っ……！」

嬉しさと切なさと愛しさで、胸が疼く。

その愛は、愛玩動物へ向けるそれだ。わかっている。

それでも震えるほど嬉しい。

「……レオン……」

それが、切ない。

生涯の伴侶《はんりょ》へ贈る永遠の愛とはほど遠いそれで、こんなにも喜んでしまう自分が。

（ああ、レオン……）

それほどまでに、愛しい。

レオンがいなくては、生きていられないほどに。

「っ――！　ン、あぁ！　あ、あ！　んんーっ！」

刹那――欲望の切っ先が、リリィの身体の中に刺し込まれる。

その熱さに、圧倒的な質量に、そして衝撃に、リリィはハッと息を詰め、背を弓なりに反らして嬌声を上げた。

「ン、ぁ！　痛……あぁ、あ、んんっ！　あぁ、あああ！」

ピンと先まで強張《こわば》った足が空を掻き、ドッと溢れた涙がこめかみへと滑り落ちてゆく。

「あ、あ、あ……あ……」

感じたことのない凄《すさ》まじい圧迫感に、上手く呼吸ができない。唇を震わせ、はふはふと必死に息を吸う。

「……リリィ」

大きな手が、リリィの頭を撫でる。

優しく――まるで『いい子』と褒めるように。

「……ッ……」

それだけで、胸が熱くなる。

全身の血が沸騰するようだった。

「あ、あ……。レ……オ……」

「大丈夫。充分に濡れて蕩けているから。苦痛はすぐに去るから。大丈夫だよ。リリィ」

「あ……あ……」

「ゆっくりと息を吐いて。ゆっくりだ。――そう。上手」

まるで幼子に教えるように、額に、目蓋にキスを降らせながら、レオンが言う。

「吐き切ったら、ゆっくりと吸って。それを繰り返そう」

素直に言うとおりにすると、徐々に身体の強張りが解けてゆく。力が抜けてゆく。

すると――身を刺し貫いた痛みもまた、徐々に和らいでゆく。

「ホラ、痛みが緩んできたろう?」

リリィの頭をなでなでして、レオンが微笑む。

その笑顔に、また心の温度が上がる。

「ン、ぅ……！」

身の奥で痛みと違う何かがひっそりと息づく。リリィは身を震わせた。

それを、リリィはもう知っている。

「ン、ふ……ぁ、あ……あっ……」

自分の中にある自分以外の熱に、身体が蕩けてゆく。

官能が、リリィを満たしはじめる。

「あ……あ……！」

「……リリィ……」

リリィの反応が変わったことに気づいてか、レオンが息をつき、ゆっくりと腰を揺らしはじめる。

「あ……！　ンン……あ、あ！　レオン……！」

「ああ、リリィ。愛しているよ。私の白猫」

「ふ、ん……んぅ……！　はぁ、あ……！　や……！」

レオンがゆっくりと灼熱を引き抜く。あんなに痛かったのに、苦しかったのに、それを抜かれてしまうと、ひどく切なくなる。

「あ、あ……！　んぅ！」

　レオンの背に腕を回してしがみつくと、レオンがフッと笑って、ひくんひくんと収斂を繰り返す内壁を掻きわけ、再び最奥まで楔《くさび》を押し込む。

　そうして——リリィの身体を気遣いながら、レオンが行き来を開始する。

「んっ……！　あ、あ……！　レオン……！」

　快感よりも、歓喜に心が震える。

『繋《つな》がる』ことが、こんなに幸せなことだなんて、思わなかった。

（ああ、レオン……！）

　心だけではなく、身体の隅々まで、レオンのものになれた。

　その喜びに、打ち震える。

「あ、あ……！　あ！」

　そしてリリィの内で、喜びが悦《よろこ》びへと姿を変える。官能が、リリィのすべてをレオンの色に染めてゆく。

「あ……レオ、ン……！」

　蜜がとめどなく溢れ、レオンの欲望を、そしてリリィの内腿をしとどに濡らしてゆく。

　まるで、嬉しいと泣いているかのように。

「ふぁ……ん、ふぅ……あ、ン……あぁ、あ……！　レオン……」

「ああ、リリィ……。綺麗だよ。なんて、素晴らしい……」

ゆっくりと抽挿《ちゅうそう》を繰り返しながら、レオンがうっとりと微笑む。

「快感に震えながらも離すまいと締めつけて……絡みついて……ふふ。なんだかリリィに喰《く》らわれているようだよ」

「あ、あ……レオン……」

「……存分に味わうといい。リリィのものだよ」

「っ……！」

先ほどとは意味あいの違う涙が溢れ、零れる。

リリィは奥歯を噛み締めると、レオンの肩に顔を埋めた。

今、この時だけでもレオンが自分のものになるのなら、それ以上の喜びはない――！

「レオ……ン！　あ、ン！　あ、あぁ、あ！　ん……あ！」

「っ……！　リリィ……」

無意識の締めつけにレオンがブルリと身を震わせ、リリィの華奢な身体を掻き抱く。

リリィを刺し貫く動きが、次第に速く、激しくなってゆく。

「ふ、くぅ……んっ！　ン！　ぁあ、あ、はぁ……ふ……あぁん！」

「リリィ……。ああ、リリィ……」

脈動する灼熱がリリィの蜜壺を深く抉《えぐ》り、内壁を強《した》かに擦り上げる。

　グチュグチュと奥まで掻き回されて、リリィは無意識のうちにその動きに合わせて腰を揺らめかせる。

　もう痛みなど消えてしまっていた。あのひどい圧迫感も。

　あるのは、甘すぎる愉悦だけ――。

「ふあぁ、あ、んっ！　……あぁあ……はぁ、んっ……！」

　甘い声を吐き散らしながら、レオンの身体にしがみつく。同時に、レオンの腰の動きが更に速く、激しくなる。そして、荒々しく、猛々《たけだけ》しく――。

　寝室内に満ちた淫猥な水音と、肌のぶつかる音が大きくなってゆく。

「あ、あぁ！　ン！　ふ、んぁっ！　あ……は、ぁん！　レ、オ……あぁ、あ！」

「っ……！　ああ、リリィ……」

　濡れそぼった肉棒がズルリとひきずり出される感触に、身震いする。

　そして物欲しげにヒクつく襞《ひだ》を掻きわけ、再び奥まで押し入られる快感に、身悶《みもだ》える。

　子宮口をその切っ先でガツガツと穿たれ、くらくらと眩暈がしてしまう。

「あぁ、あ！　ンっ！　んんっ！　ふ、あ……！　あぁ！」

　身の奥の官能が燃え、その熱さに身を捩る。

　全身を貫く愉悦に腰を揺らめかせ、背を弓なりに反らす。

　そして――愛を語るが如く、甘く鳴く。

「あぁ、あ！　ふぁ、あ！　ン、あ……！　はぁん！」

「ああ、リリィ……！　私の、リリィ……！」

「あ、あ……！　レオン……っ！」

思考力がグズグズに溶けてゆく。

もう何も考えられない。

感じることしかできない。

「ああ、リリィ……！　愛しているよ……！」

「あ、あぁ、レオ……ン！　ああ、ん！　レオン……！」

「愛している。ああ、ようやく……手に入れた。私のリリィ……！」

「ふぁ、あ！　あ、んんっ！　あぁん！」

全身を貫く快感に、身体が引き攣り、爪先まで強張ってゆく。しかしリリィの内壁は、更なる愉悦を求めてレオンの欲望に絡みつき、はしたなく蠢動《しゅんどう》する。

本当に喰らい、しゃぶり尽くしているかのようなそれが、どれだけレオンを追い詰めているか——リリィは知る由もない。

ただ、必死にレオンの逞しい身体にしがみつき、甘い嬌声を上げ、艶めかしく腰をくねらせる。

そうすることしかできない。

「ん、ぁ……あぁ！　レオン……！　ああ、レオン……！」

「っ……！　リリィっ……！」

切なげに自分を呼ぶ声に、リリィの心も身体もますます熱を持ち、乱れ、蕩けてゆく。

するとリリィの身体は淫らに反応し、そうしてレオンを更に昂《たかぶ》らせ、追い詰めてゆく。

「ン！　あ、はぁんっ……！　あ、あ、あ！　レオン！　もう……！」

愉悦の大波がリリィを呑み込み、目の前が白んでゆく。

「あぁ、イッて……しまう……！　あぁ、あ！　レオン……！　イ……！」

「くっ……！　リリィ……！　ああ、私も……」

意識が高みへと押し上げられる感覚に、身を引き攣らせる。

その瞬間、リリィの中でレオンの欲望がドクッと脈打ち、震える。

「ふぁ、あ、あぁあぁあああぁっ！」

刹那——身の奥でレオンの灼熱が弾ける。

「んぁあ、あ、ぁあぁ！　あぁあぁあ！」

最奥へ、ビュルリと熱い粘液を叩きつけられる。

同時に——リリィの目の前も白く弾ける。リリィはガクガクと腰を揺らしながら全身を引き攣らせ、そのまま失墜する。

「ふぅ……ン……！　んぅ……あ、あ、あ……」

果てた衝撃に打ち震える身体に、すべて、一滴残らず、欲を注ぎ込まれる。

それが——泣き出したいほど嬉しい。

「ふ、ん……あ……レオ、ン……」

「リリィ……」

二人——しっかりと抱き合い、ともにシーツに沈む。

「は……ん……あ、あ……」

「……リリィ……」

ドクドクと激しい鼓動の音が重なる。

リリィはレオンの熱い胸に顔を埋めて、そっと目を閉じた。

「……ん……」

意識が溶けてゆく。

「……リリィ……」

レオンの声にも、目蓋を持ち上げられない。

(ああ、レオン……)

レオンと一つになれた。

身も心もすべて、レオンに捧げることができた。

そして——今この時だけ、レオンのすべてが自分のものだった。

ああ、なんて幸福なのだろう。
（もう……充分……）
これ以上は、何も望まない。
別れのあとも、きっと生きていける。
『ありがとう。レオン』
それは果たして、言葉になったかどうか――。

第二章

あたりは、むせかえるような薔薇《ばら》の甘い香りに包まれていた。

「んっ……！　あ、ああ……！　レオン……」

煉瓦《れんが》の小道を進んだ薔薇園の奥——。緻密《ちみつ》な装飾が彫り込まれた八本の白い柱の上に、白いとんがり屋根。絵本やおとぎ話の中に登場するような、メルヘンチックなガゼボ。

中には白いアイアンテーブルとチェア、美味《おい》しそうなお菓子と紅茶のセットが積まれたワゴンが。

「ふぁ、あ……あ！　んぅ……！　あ！」

ガゼボの周りはフェンス仕立ての薔薇が満開を迎えていた。柔らかく降る太陽の光に、見事《みごと》に咲き誇る淡いピンクと白の薔薇が輝《かがや》かんばかりだ。

その美しい薔薇の壁は、中の蜜事を妖しく覆《おお》い隠す。

「ん、あ……！　レオ、ン……」

「……もうトロトロだね。リリィ」

あの夜以来――レオンは昼夜問わずリリィを抱くようになった。

今までも夜は公務で仕方のない時以外必ずリリィと過ごしていたけれど、昼間も離宮に顔を出すようになった。そして――リリィと甘いひとときを過ごす。

それがあまりに頻繁なため、身分や立場というものを非常に重んじるミセス・ケリーが『陛下におかれましては、万が一にも御公務を疎《おろそ》かになさることなどあり得ないと存じておりますが、離宮の女中頭如《ごと》きが口にしていいことではないことは承知しておりますが、しかし陛下、臣下の皆さま方の手前、あまり日中にこちらにいらっしゃるのはいかがかと存じます』とレオン本人に意見したほどだ。

――それを聞き入れるレオンではなかったけれど。

「あ、ん！」

ドレスから零《こぼ》れた、白い毬《まり》のような豊かな膨らみが揺れる。

ドレスを乱され、テーブルに寝かされ、足を抱え上げられた――ひどくはしたない姿。

アイアンテーブルは直径がリリィの頭から腰までとほぼ同じ。とても小さいのだ。足を上げていなければ、身体すべてがテーブルからずり落ちてしまう。

更にはベッドのように作りがしっかりしているわけではない。二人の動きに合わせて、ガタガタと揺れる。

足を下ろそうとすれば、「落ちてしまうよ」と言われる。身体を支えるレオンの意志に反して無理に体勢を変えれば、テーブルは倒れてしまうかもしれない。

それを考えると、どれだけ恥ずかしくても、大人しくしているしかなくて——。

「あぁ、あ、あ！」

レオンが、黄金色のねっとりとした液体で汚れたリリィの爪先《つまさき》を口に含み、ちゅくっと足の指をしゃぶる。

その液体は、扇情的なラインを描くふくらはぎにも。それを残らず舐《な》め回す。

「あ、ん！　んぅ……あ、あ！　レオ……ン……！」

そのまま白い柔肌を味わうように内腿《うちもも》へと舌を這《は》わす。そして、時折思いついたように強く吸いつき、赤い薔薇の如き痕《あと》を残す。

その先にある愛の泉には、既にレオンの指が深々と埋め込まれている。

グチユグチユと卑猥《ひわい》な音を立てながら二本の指がバラバラに動き、内壁を掻《か》きわける。中を拡《ひろ》げられる感触に、リリィは甘い声を上げ、喉《のど》を仰《の》け反《ぞ》らせた。

「あぁ、あ！　あ……！　レオン……！」

「……ウチのシェフお手製の蜂蜜《はちみつ》を使ったティーシロップは格別だね」

レオンがクスッと笑って、リリィの中から指を引き抜く。

そして、ワゴンの上のガラスの小瓶を取り、その中身をリリィの割れ目へと垂らした。

「んっ！　あっ！　冷た……！」

トロリとした液体が、既に弄《いじ》り倒されてジンジンしている肉芽をヌルリと覆う。

「リリィの蜜とあわされば、さぞや極上だろう」

「あぁ、ン！　あっ！　だめ……！　あぁ！」

更に両足を抱え上げられ、割り開かれる。あまりの痴態に、顔から火が出そうだった。

「やぁ、あ！　レオ、ン！　あ、あぁああ！」

既にトロトロに蕩《とろ》け切った蜜壺《みつつぼ》に再び指が押し入ってくる。それと同時に、シロップでドロドロになった花芯《かしん》を、熱い舌がねっとりと舐め上げる。

瞬間、身体を貫いたビリビリとした凄《すさ》まじい快感に、抱え上げられた足が空を掻く。

「あっ！　やぁ！　あ、ぁあ！　ン！　んんっ！」

ガクガクと震える腰をしっかりと捕まえて、レオンが肉芽を口に含み、ちゅうっと強く吸い上げる。

「ッ……！　あ！　や、ぁあ！　ン！　ふぁっ！　レオ、ン！」

イヤイヤと首を振った瞬間、愛泉の蜜をジュルリと吸われる。

「ン、あぁあ！」

「……ああ、甘い。やはり、極上だね」

レオンが満足げに言い、肉粒を熱い舌でくちゅくちゅと捏《こ》ねる。

「あ、あ、あ！　レオン！　レオン！　あぁあ！」

「ああ、どんどん溢《あふ》れてくる。嬉《うれ》しいよ。リリィ」

うっとりと囁《ささや》いて、レオンが更に秘玉を舌で転がし、溢れる甘露をジュルリと啜《すす》る。

リリィを呑《の》み込む激しい愉悦の大波に身体が強張《こわば》り、爪先まで力がこもる。

「あぁ、あ、あ……！　ン！　んぅ！　あ、あぁぁ！」

熱くて肉厚な舌が、熟れた花芯を、赤く震える花弁を嬲《なぶ》る。

感じすぎて、つらくて、逃れたくても、両足をしっかりと抱えるレオンの力は強くて、身動きが取れない。

「やぁ、んんっ……！　ン！　はぁ、ん！　ふ、ぁ、ああ、あぁん！」

ただ、甘い嬌声《きょうせい》を上げて、身を引《ひ》き攣《つ》らせることしかできない。

「あぁ、あ！　レオン！　レオ、ン！　も、もう……！」

「なに？　もっと？」

違うとわかっていて、レオンが意地悪く言う。

首を横に振ろうとした瞬間、皮膜を剝《む》かれた肉豆を強く吸い上げられ、リリィは悲鳴を上げた。

「あぁあぁっ！」

圧倒的、だった。

まるで脳芯が焼き切れるような、快感――。

「あっ……！　あぁあ！　ン！　レ、オ……！」

（あ、あ、おかしくなっちゃう……！）

脳髄が蕩けて、頭の中が真っ白になる。

「あぁあぁ！　イッちゃ……！　あ、あぁああ！」

脳内も、視界も、すべてが白に染まる。

リリィは全身をブルブルと痙攣《けいれん》させ、目を閉じた。

「あ……あ、あ……あ……」

けれど――甘い時間は終わらない。

「ふふ。本当に可愛《かわい》いね。私のリリィ」

レオンはぐったりとしたリリィを見つめて薄く笑うと、固く滾《たぎ》った灼熱《しゃくねつ》を、シロップとリリィ自身の蜜でドロドロの愛泉に押し当てた。

淫靡《いんび》な午後は、ここからだった。

―＊◇＊―

幸せだった。

これ以上はないというほど、満たされていた。

「え……？」

リリィは大きく目を見開き、真っ青になって震えるミセス・ケリーを見つめた。

「今、なんて……？」

思わず訊《き》き返してしまう。

聞こえなかったわけでも、理解できなかったわけでもない。ただ、耳にした言葉が信じられなかっただけだ。

けれど、リリィは知っていた。ミセス・ケリーは嘘《うそ》も冗談も一切《いっさい》口にしないことを。

「ミセス・ケリー……。それは……」

「……確実な情報です。リリィさま」

ミセス・ケリーがブルブルと震える両手を握り合わせる。

力が入りすぎて白んだ指先が、ことの重大さを物語っていた。

「陛下は、持ち込まれていたすべての縁談を謝絶なさいました。そして——リリィさまを妃《きさき》として迎えると」

「そんな！　まさか！」

驚愕《きょうがく》が、全身を貫く。

リリィは両手で口元を覆った。

（まさか、そんなわけ……）

そんなわけが、ない。

そんなことが、あってはならない。

心臓がドクドクと早鐘を打ち出す。

リリィは茫然《ぼうぜん》としたまま、力なく首を横に振った。

「そんなはず……ないわ。だ、だって、この国の慣例では、妃となれるのは……」

「ええ。御正室はもちろんのこと、御側室であっても、王族か、あるいは最上級の貴族に限られます。しかし、それは国内……つまりはアエテルタニス国民である場合のみです。国外の方となりますと、間違いなく王族に限られます」

「ええ。そう。そうよね？　そう聞いているわ……」

他ならぬ、ミセス・ケリーから。

「っ……！」

ズキンと胸が痛む。リリィは震える手で胸元を押さえた。

まだ、この国に来たばかりのころ――。

レオンが傍《そば》にいなくては、不安で眠れなかった。

レオンが傍にいなくては、食事も喉を通らなかった。

レオンは今以上に、リリィのすべてだった。絶対だった。

だからこそ――レオンとずっと一緒にいるために、どうすればいいかを必死に考えて、そして——レオンのお嫁さんになればいいのだと思いついたリリィは、ミセス・ケリーに尋ねたのだ。『レオンのお嫁さんになるには、どうしたらいいの?』と。

返ってきた答えが——それだった。

ミセス・ケリーはひどく悲しげな表情をして——それでも、子供だからと嘘で誤魔化《ごまか》すことなどせず、ちゃんと教えてくれた。

『リリィさまには、無理なのです』と——。

その日は、涙が涸《か》れるまで泣きじゃくったのを覚えている。

月日が経《た》ってから自分で調べてみたけれど、結果は同じだった。

アエテルタニス国民であれば、王族か最上級の貴族。同盟国の民であれば、王族。妃は、由緒正しき生まれで、それ相応の身分を持つ者でなくてはならない。

それが——この国の慣例だった。

そして、その慣例を破った王は、長い歴史の中でただの一人もいない。

王が王たる所以《ゆえん》は、その血筋にある。

頑《かたく》なに守り、ひたすらに受け継がれてきた——高貴なるもの。

その尊き血が、王族の『黒』を生むのだと言われている。

だからこそ、王族は皆、黒よりも黒い、漆黒の髪と瞳《ひとみ》をしているのだと——。

(どう、して……?)

それなのに、どうして。
何故《なぜ》、レオンはそんなことを言い出したのか。
「…………」
言葉が、出ない。
ドクンドクンと心臓がいやな音を立てる。
リリィは心臓を押さえたままブルリと身を震わせた。
レオンのことは愛している。心から。これ以上はないというほど。
ずっとレオンと一緒にいたい――そんな願いをこの五年、胸に抱き続けてきた。
けれど、それが叶《かな》わないことを、リリィはちゃんと知っていた。
叶っては、いけないことを。
レオンがリリィを妃にと望んでくれたのは、嬉しい。
でも、喜ぶことなんてできない。
「……ッ……！」
リリィは震える自身の身体を強く抱き締めた。
恐ろしい。恐ろしい。
（ああ、なんてことを……）
王として、それは罪ではないのか――。

「議会は大混乱だそうですわ。警備の者はおりますが、万が一ということがございます。今日は庭に出ることはおやめくださいまし」

ミセス・ケリーが険しい顔で言う。

リリィはビクッと身を震わせ、顔を上げてミセス・ケリーを見つめた。

「何か……あると言うの？」

「いいえ。用心に越したことはないと申し上げているのです。おそらく大臣たちは誰も、リリィさまのお顔を知りません。陛下は、宮廷内でもリリィさまのお話を頻繁にするそうですが、しかしリリィさまのお姿を誰にも見せてはいないのです」

「誰も……」

「ええ。この五年、この離宮に陛下以外の男性が入ったことはありません。ただの一度もです。そして、女性も――使用人以外の者を入れたことはありません。そして、使用人は許可なく自身の主のことを他者に話したりはいたしません。おわかりですか？」

ミセス・ケリーがまっすぐにリリィを見つめて、言葉を続ける。

「おそらく、『陛下が離宮に囲う女性』以上の情報は、誰も持っていないと思われます。現在、臣下の皆さまにとっては、リリィさまは『正体不明の女性』なのです」

「正体、不明の……」

「そうですわ。正体不明の、陛下がすべての縁談を退け、妃に迎えたいと望む女性――。

リリィさま。皆さま方がその正体を知ろうとするのは自然の流れだと思いませんか？」

リリィはハッと息を呑んで、目を見開いた。

「あ……！」

「そうですわ。リリィさま。リリィさまは、陛下以外の男性に御姿を晒《さら》すことを許されていません。わたくしたちも、リリィさまを陛下以外の男性の目から守らねばなりません。おわかりですね？」

「……姿を他の男の人に見られたら、私も、皆も、罰を受ける。だから、しばらく庭には出ない。私を知ろうとする者がいるかもしれないから」

素直に頷《うなず》いてそう言うと、ミセス・ケリーが少しホッとしたように表情を緩める。

「建物に囲まれた中庭なら、大丈夫です。しかし、お外には出ないでくださいまし」

「わかったわ。……ねぇ、ミセス・ケリー」

縋《すが》るように手を伸ばし、ミセス・ケリーのドレスの袖《そで》をつかむ。

「由緒正しき妃を迎えて、その血を継ぐことは王の責務だわ。そんなこと、世間知らずの私でも知っているわ。なのに、どうして……？」

そう――。リリィは知っている。リリィの望みは、決して叶ってはならないものであることを。

国にとって、民にとって、レオンがよき王であるためには、それこそ絶対に叶えてはならない夢なのだ。

　だから——決して口にすまいと、胸の内に秘めていたというのに。

「どうして、レオンは……」

「……愛《いと》しいと思えば、添い遂げたいと願うのは自然の理でしょう。しかし……」

　ミセス・ケリーは重苦しいため息をついて、理解できないと言わんばかりに首を左右に振った。

「陛下は、この国の王です」

　リリィを見つめる瞳に、なんとも言えない苦味が走る。

「それは——許されません」

「ッ……！」

　胸に、刺すような痛みが走る。

　リリィは奥歯を噛《か》み締めた。

「……ミセス・ケリー……。わ、私……レオンに道を外させてしまったの……？」

　込み上げてくる様々な思いに、声が震えてしまう。

　愛玩動物《ペット》としてではなく、妃にと望むほど愛してくれたのだとしたら、それは嬉しい。否、嬉しいどころの話ではない。このまま息絶えて死んでもいいと思えるほどの喜びだ。

　けれど——恐ろしい。それは、王たる者が望んではいけないことだ。

レオンが王である以上、リリィを望むことは罪なのだ。

そして、悲しい。民から愛されているレオンが、その民や、自分を支えてくれる臣下を裏切るような行動に出てしまったことが。

それを引き起こしたのが、他ならぬ自分であることが。

（私はレオンに助けられたのに。生かしてもらったのに。その私が、レオンの足枷《あしかせ》になるなんて……）

レオンが王として正しい治世を行う邪魔になってしまうなんて。

恩を徒《あだ》で返すどころの話ではない。

「ッ……！」

リリィはギュッと目を瞑《つぶ》り、強く自分自身を抱き締めた。

（そんなの、駄目！）

リリィにとって、レオンがすべて。

自分が傍にいるせいでレオンが不幸になるのなら、自分はここにいるべきじゃない。

ここにいてはいけない。消えてなくなるべきだ。

レオンが、どれだけ国を、民を愛しているか、リリィは知っている。

そして、大好きな離宮の皆が、どれだけレオンを愛しているかも知っている。

レオンから、国を、民を、取り上げるわけにはいかない。

民からも、賢王レオンハルト・ヴィルヘルム三世を奪うわけにはいかない。

それだけは、絶対にあってはならない！

（そんな状況を作ったのが私だというのなら、私は私を憎むわ……）

決して、許しはしない。

「リリィさま……」

唇をきつく嚙み締め、身体を震わせるリリィを見つめて、ミセス・ケリーが痛ましげに顔を歪《ゆが》める。

「わ、私はちゃんと……この関係が期限付きなものだって、わかっていたわ。レオンが、お妃さまを迎えたら、もう会っちゃいけないんだって……」

今、考えただけで、身を切られるようにつらい。悲しくて、苦しくて、寂しい。

それでも、レオンのためにそれを受け入れなくてはならないのだと。

自分は、愛玩動物にしかなれないのだから。

「ひとときの寵《ちょう》をもらって……それで充分よ。身に余る光栄だわ。そ、そんな……お妃になりたいだなんて、私……」

それは叶わぬ夢。叶えてはならない夢だ。

だからこそ、口にしたことはなかった。ミセス・ケリーに現実を教えてもらって以来、一度も。

ましてや、レオンに伝えたことなどあるはずもない。

それとも――胸に秘めていただけでも、罪となるのだろうか？

「わ、私……」

「ええ。リリィさま。わかっておりますよ」

ミセス・ケリーが大きく頷いて、リリィの身体をそっと抱き締める。

リリィはそのピンとした背に腕を回して、ギュウッと目を閉じた。

「ミセス・ケリー……」

「リリィさまは何もお悪くありませんわ。わたくしたちはわかっておりますから。大丈夫です。大丈夫ですとも」

「……ッ……！」

小さな手が、まるであやすように、リリィの背をポンポンと叩《たた》く。

リリィはドレスをつかむ手に力を込めて、その小さな肩に顔を埋めた。


―＊◇＊―

その日は珍しく、レオンが離宮に顔を出したのは真夜中過ぎてからのことだった。
議会はよほど紛糾し――そして閉廷後も混乱が続いていたのだろう。ベッドにドサリと腰を下ろしたレオンは、ひどく疲れた表情をしていた。

水とワインをベッドサイドに置き、何かもの言いたげにしつつも――自分自身の立場とレオンの体調、そして時間を考えてだろう。ミセス・ケリーは無言のまま一礼し、寝室のドアを閉めた。

そして――コツコツと足音が遠ざかってゆくのを確認して、リリィは開口一番、それをレオンにぶつけたのだった。

「どういうこと⁉」

「……何が？」

わかっているくせに訊き返してくる。リリィはレオンの正面に立つと、その整いすぎた美しい顔を覗《のぞ》き込んだ。

「わかっているのにとぼけないで。ちゃんとミセス・ケリーが教えてくれたわ。レオンが私をお妃にするって言い出したって」

「……誰だろうね、それを伝えたのは。人の出入りは厳選しているはずなのに」

レオンが不快そうに眉《まゆ》を寄せる。

リリィは思わずビクッと身をすくめた。

レオンの不興を買いたくない。リリィにとっては、レオンが世界のすべてなのだから。

そのレオンに嫌われるようなことは、リリィにとっては死と同義だ。

普段なら、ここで口を噤《つぐ》む。レオンが怒るようなことは、絶対にしない。今までずっとそうしてきた。貫いてきた。

けれど――。

今回ばかりは、状況が違う。

リリィはなんとか自分を奮い立たせると、更に言葉を続けた。

「だ、誰でもいいわ。いずれ伝わることだもの。お妃になることを、本人が知らないままだなんて、そんなことはあり得ないでしょう?」

「……まぁ、そうだけれど」

「ねぇ、レオン。どうして? どうして、そんなことを」

「……理由が必要?」

レオンが目を細めて、こともなげに言う。

「君を愛しているからだ。それ以外にない」

「っ……!」

込み上げる熱い想《おも》いに、胸が締めつけられる。嬉しくて、嬉しくて、夢のようで、涙が零れてしまいそうだった。

それは――欲しくて、欲しくて、たまらなかった言葉だった。

ずっと夢見ていた。けれど、手に入れられないものだと思っていた。

（ああ、レオン……！）

愛しさが溢れて、溢れて、止まらなくなってしまう。

想いが胸内で暴れてしまう。

「ッ……！」

けれど――駄目だ。

愛しているだけでは許されないことがある。

二人だけの問題ではない。レオンは一国を統べる王なのだ。

リリィは唇を噛み締め、激しく首を横に振った。

「駄目！　レオン！　私が王妃だなんて、絶対に駄目！」

「……何故？」

組んだ膝《ひざ》に肘《ひじ》をついて、レオンがリリィを斜めに見上げる。

「な、何故って……。それが慣習だもの」

「そうだね？　慣習は慣習でしかない。破ったところで何かあるというわけじゃないよ？

ただの不文律だ」

「で、でも、それは守るべきものでしょう？」

「一応はね？　けれど、慣習とは時代に合わせて変えてゆかねばならないものだよ。全く
意味のない古い因習に固執して衰退する国は多くある」

だから関係ないとばかりに、レオンが言う。

そんなわけはない。リリィは再び激しく頭を振った。

「わ、私のような得体の知れない者を、王妃に戴《いただ》かなくてはならない民のことも考えて」

「どうして？　民にとってのよき王妃とは、民のためになる存在だ。決して血筋の尊さがものを言うわけじゃない。生まれや血筋で劣るなら、それ以外で補えばいい」

「し、臣下のものが納得しないわ」

「それは今、説得している。いずれ解決するよ」

「っ……！」

何が問題なのだと言わんばかりのレオンに、閉口する。

（どうして……？）

そんな簡単なことのわけがないのに、どうしてそんななんでもないことのように言うのだろう？

（これは、そんなに軽いことじゃないはずなのに……）

それとも、レオンにとってはその程度のことなのだろうか？

リリィは唇を嚙み締め、下を向いた。

「……私には、レオンを支えることなんて、到底できないわ……」

「どうして？」

「っ……！　だって、そうでしょう⁉　私は、この国のことをほとんど何も知らないの！　知っているのは、この離宮の中のことだけ。自分のことすら、わからないのよ？　それでどうやってレオンを支えられると言うの？　無理だわ。私には確かな後ろ盾も、財力も、何一つないのよ？」

「……ねぇ、リリィ。君は、妃の家が後ろ盾になってくれなくては、その財力がなければ国を治めることができないと思っているの？　この、私が？」

「ッ……！」

すぅっと冷たくなった声に、ギクリとして口を噤む。

リリィは慌てて顔を上げ、首を振った。

「そ、そんなことは……」

「……そんなものなくたって、私はこの国を治めていけるよ。私を誰だと？」

漆黒の双眸《そうぼう》が、鋭く煌《きら》めく。

「賢王――レオンハルト・ヴィルヘルム三世。この国を強国に伸《の》し上げた王だよ？」

「っ……！　それ、は……」

リリィは奥歯を噛み締め、下を向いた。

わかっている。そんなものを必要としないぐらい、優れた王であることは。

でも、だからといって、好き勝手していいわけではない。

優れた王だからこそ——臣下や民から恐れられ、同時に尊ばれ、そして慕われている王だからこそ、こんなことで躓《つまず》いてほしくない。

リリィがレオンのゆく輝かしい王道に汚点を残すわけにはいかないのだ。

「駄目……」

震える声で、言う。

「私は、お妃になんてなりたくない……！」

自分は所詮《しょせん》、愛玩動物にしかなれない存在だ。

お妃になれば、レオンの足を引っ張ってしまうのは目に見えている。

それだけは絶対にいやだった。

「リリィ？」

レオンが訝《いぶか》しげに眉を寄せ、リリィへと手を伸ばす。

「どうして？　君も、私を愛してくれていると……」

「ッ……！」

もちろん、愛している。これ以上はないというほどに。

だからこそ、だ。

リリィは、リリィの手を取ろうとしたレオンのそれを振り払い、叫んだ。

「私は、いや！　お妃になんてなりたくない！」

「――ッ！」

意外な言葉だったのだろうか？　レオンが目を見開く。

そして、ポカンとリリィを見つめたあと、何を言っているんだとばかりに眉を寄せた。

「リリィ？」

「わ、私はいや！　お妃になるのはいやよ！」

その言葉は、実は正しくない。

本当は、なれるものならなりたい。だがそれは、国に混乱をもたらし、王たるレオンに傷をつけてまでしたいことではない。

今のリリィがあるのは、レオンと離宮の皆のおかげなのだ。レオンはもちろんのこと、皆が大切に思う――レオンが治めるこの国は、リリィにとっても大事なものだからだ。

レオンが、変わらず賢王であること。

国が、民が、いつまでも豊かで平穏であること。

リリィにとって、それ以上に重要なことなどなかった。

その障害となるぐらいなら、今すぐ打ち捨てられた方がマシだった。

「私の未来のことよ？　私抜きで、勝手に決めてしまわないで！」

「……！　相談をしなかったのは、確かによくなかったね。だけど……」

「レオン！　私は、お妃になんてなりたくないの！　だって、私には無理だもの！」

望んでくれたことは嬉しい。凄《すご》く。凄く。それは、一生分の幸福だった。だからこそ、それだけで充分だった。それだけで、これからの人生、レオンがいなくてもきっと生きていける。

だから――皆のため、レオンのために、絶対に諦《あきら》めてもらわなくてはならない。

リリィは両手を握り締め、声を張り上げた。

「絶対に、いや！　お願い！　お妃には、由緒正しい家の姫君を……」

「ッ……！　リリィ！」

レオンがカッとした様子で叫び、素早くリリィの手をつかんで、そのまま力いっぱい引き寄せる。突然のことにバランスを崩してレオンの上に倒れ込んだリリィを抱き締め、レオンが身体を反転させる。

漆黒のシーツに押し倒され、大きく目を見開き、息を呑んだ、その刹那《せつな》。

「――っ！」

リリィの唇を、レオンのそれが塞《ふさ》ぐ。

反射的に身を捩《よじ》るも逃れられず、ドンドンと拳《こぶし》でレオンの胸を叩くもビクともしない。

それどころかレオンは全身を使って、リリィをシーツに縫い止めてしまう。

更にレオンの舌がリリィの唇を強引に割り、その奥へと侵入する。

「んぅ……！」

そのまま強引に歯列を抉《こ》じ開けられ、舌を吸い出される。

くちゅりと舌が絡む淫靡な音に、リリィはギュウッと目を瞑った。

「ん、んっ……ぅ……！　ん……！」

驚くほど強引で、荒々しくて、激しい——まるで屈服させるためキス。でも、それでもやっぱり甘くて、甘すぎて。

「ん……う……」

胸内を、様々な思いが交差する。我慢していた涙がホロリと溢れてしまう。

(好きよ……。レオン……)

好き。好き。心の底から愛している。

でも、だからこそ、お妃になんてなれない。

わかってほしい。レオンが嫌いなんじゃない。

ただひたすらに、愛しているからこそ。

(わかって……！　レオン……！)

だからこそ、自分ではない人を——自分が持っていないすべてのものを兼ね備えている姫君をお妃に迎えてほしいのだと。

「ん、ぅ……う……！」

咥内《こうない》を思うままに蹂躙《じゅうりん》され、吐息までも吸い尽くされる。

苦しくて、だけどキスは蕩けそうなほど気持ちよくて、ジンと脳が痺《しび》れてゆく。

「……ん……ぁ……」

全身から、力が抜けてゆく。

(ずるいわ……)

暴力的なだけならば、抵抗を続けられる。

でも、どれだけ激しかろうと、レオンのキスはやっぱりどこまでも甘くて、甘くて——

どうしようもなく酔わされてしまう。

「……ん……」

つぅっと、透明な雫《しずく》がこめかみを滑り落ちてゆく。

パタリとシーツに手を落とすと、ちゅくんと唇がほどけた。

「……他の人だって？　よくも言ったね？」

レオンが切なげに、そして憎々しげに顔を歪める。

「どうして、そんなことを？　言ったろう？　私はリリィを愛しているんだと」

「レオン……。それは……」

「愛していない者を妃にしろと？　血を守るために？　後ろ盾や財力のために？　それは私にとっても、私の妃になるかもしれない女性にとっても、ひどく残酷な言葉だね」

「ッ……！　違っ……！」

違うと首を横に振って——けれど唇を噛む。そのとおりだった。そう言ったも同然だ。自分はレオンに、そして選ばれる可能性のある女性にも、『国のために我慢して愛のない婚姻をしろ』と言ったのだ。——そんなつもりはなかったとしても、だ。

確かに、それはなんて残酷な言葉なのか。

「ご、ごめんなさい……。でも……」

けれど、愛だけでも駄目なのだ。

レオンは、王なのだから。

「でも、駄目……。生まれも育ちも、何一つとしてわからないのよ？　記憶だってない。そんな私がお妃だなんて……許されないわ」

「私が求めているだけでは駄目なのかい？　リリィは誰の許しが欲しいの？」

「え……？」

「その他大勢が、そんなに気になる？」

くだらないと言いたげなレオンに、ズキンと胸が痛む。

リリィは唇を噛み締め、レオンをにらみつけた。

「意地悪だわ……」

妃となるからには、臣下に、国民に、認めてほしい、祝福されたいと願うのは当然ではないのか。

リリィの言葉に、レオンが目を細める。

「でも、誤解しないで。認めてもらえないから、祝福されないから、いやなんじゃないわ。私にとって、レオンこそ至上。レオンがいてくれれば、どんなことにも立ち向かえるわ。怖いのは、そんなことじゃない」

そうじゃない。

自分が、レオンの輝かしい王道に傷をつけてしまうのが、いやなのだ。

自分のせいで、臣下や民のレオンに対する信頼が揺らいでしまうのが、許せない。

「私は、いろいろなものが欠けているわ。世間知らずなんて言葉では収まらないぐらい、私は何も知らない。この国のことすらも。レオン。私は、レオンの足を引っ張ることしかできないの。それが……怖いし、許せない」

自分なんかを選ばなければ、レオンは変わらず偉大なる王でいられる。

ならば、そうあってほしい。国のため、民のため、臣下のため、そして自分のために。

「だから、いやよ。いや。絶対に、いや。お妃になんて、なりたくない」

「……まるで、君は、生まれも育ちも劣悪だと言わんばかりだね」

リリィをシーツに押さえつけたまま、レオンが目を細める。

漆黒の双眸が、妖しく意味深に煌めいた。

「本当に？　君は過去を忘れているだけだ。それなのに、どうしてそう決めつけているんだい？　実際は、君、生まれも育ちも最上級かもしれないじゃないか」

「っ……!?」

思いがけない言葉に、思わず目を見開く。

「え……？」

リリィはポカンとして、まじまじとレオンを見つめた。

（理屈は確かに……そうだけれど……）

しかし、それはあり得ない。

リリィはフルフルと首を横に振った。

「そんなはず、ないわ。私が高貴な生まれだったら、それこそ……この五年の間に、私の身元は判明していると思うの……。だって、国交のある国で、高貴な生まれの小さな子が行方不明になっていたら……」

もし、本当にそんなことがあったとしたら。

「その情報が、レオンの耳に届いていないはずはないでしょう？」

レオンは、自分を見つけた国で、自分の身元をつかむべく、動いてくれていたはず。

それなのに、五年経ってもつかめないということは、自分を探している者などいないということではないのか。

高貴な血で、生まれも育ちも最上級であれば、親が我が子が行方不明になっているのに捜さないなんてことがあるのだろうか？　それこそ、情報を広く拡散して、あらゆる手を尽くして捜すのが普通だろう。

　そうなれば――レオンの情報網に引っ掛からないはずがない。

「そう、でしょう？」

　リリィの言葉に、レオンが視線を逸《そ》らして、小さく息をつく。

「……そうだね」

「……？　レオン……？」

　その態度に釈然としないものを感じて、思わず眉を寄せる。

（え……？　何……？　なんか、変……？）

　感覚的なもので、はっきりと何がどうとは説明できない。

　それでも、感じる――違和感。

「レオン……？」

「……でも、悪いね。私は一切譲る気はない」

　レオンが視線を戻して、リリィをねめつける。

「私はもう、リリィのいない人生など考えられないんだ」

「っ……！　レオン……。でも……」

「反論は聞かない。君は一生、私の傍に置いておく」

レオンがニィッと口角を上げる。

その冷たい笑みに、リリィはビクッと身を弾《はじ》かせた。

「それとも、君を愛妾《あいしょう》としてここに囲って、お飾りの王妃を迎えるのが、君の望みかい？　君がどうしてもいやだというならそうするしかないけれど——私は君しか抱かないし、私の後を継ぐのは、私と君の子供だ。それでも？」

「ッ……！　レオン！　それは……」

「だいたい、私から離れることなんてできないだろう？」

凶暴な輝きに満ちた黒曜の双眸が、リリィを捕らえる。

「どれだけ、この身体に『私』を刻み込んだと思ってる？」

その瞳に、更なる危険な光が走る。

ゾクッと背中を震わせた瞬間、レオンの唇が再びリリィのそれに押しつけられる。

「ッ……！」

慌てて身を捩るも——否、捩ろうとするも、しっかりと押さえつけられていてやっぱりビクともしない。

「んぅ……ン……！　ん……！」

唇を、歯列を割り、強引に入り込んできた舌が、リリィの咥内を蹂躙する。

激しくて、荒々しく、猛々《たけだけ》しい——レオンの怒りや苛立《いらだ》ちが伝わるよう。いや、悲しみなのかもしれない。

そして、愛する人が自分のものになってくれない——切なさ、やるせなさ。

「ん、ぅ……！　う、ん……！」

けれど、やっぱりそのキスは甘くて——甘すぎるほど、甘くて、リリィの官能を巧みに引き出してしまう。

「ン、あっ……！」

ネグリジェの上を、レオンの手が這う。乱暴に胸の膨らみを揉《も》みしだかれて、リリィはビクンと身を弾かせた。

「あっ……！　レオン……！　だめ……！」

「教えてあげよう。君の身体が、どれだけ私を求めているか」

レオンが残酷に笑う。

「私無しでは生きられなくなっているかを」

「ンっ、あぁっ！」

レオンがリリィの耳に噛みつき、その奥へ舌を差し込む。脳内に響いたグチュリという淫猥な水音と、ゾクゾクと背中を駆け上がった甘い快感に、リリィは更にビクビクと身を震わせた。

「あっ……！　あぁ！　ン」

ネグリジェの胸元を力任せに引き裂き、零れた豊かなまろみをわしづかんで、レオンが更に笑う。

残酷な吐息が、そして巧みに動く舌が、リリィの耳奥を犯す。

「レオ……あぁ、あ！　だめ……！　や、め……！」

「だめじゃないだろう？　ホラ、もう」

既に慣れ親しんでしまっている刺激に、熱に、身体が勝手に応えてしまう。

胸の頂で固く自己主張をはじめた突起を摘まれ、引っ張られ、そのままコリコリと捏ね回される。

「固くなって、色づいてきている。たったこれだけで、だよ？」

「っ……！　ン、あ！」

「ホラ、また色が濃くなった。こんな淫《みだ》らな身体になってしまっているのに、どうやって私無しで生きていくつもりなんだい？」

その尖《とが》りを抓《つね》り、爪弾き、引っ掻いて——そしてジンとした痛みを癒《い》やすように優しく捏ね回す。耳を舐め犯し、残酷な囁きを奥へと忍び込ませて。

「あ、ン……！　だめ……！　レオ、ン……！」

「どうして？　愛しているのに」

「っ……！」

「愛しているよ。リリィ」

胸が熱くなる。

リリィはギュッと目を瞑り、身を震わせた。

何度も聞いている言葉ではあった。けれど、今日はその意味あいが違う。

それはもはや愛玩動物に向けた言葉ではないのだ。

「愛している。リリィ」

「っ……!」

そしてそれは、リリィが欲しくて欲しくてたまらなかったもの。

心が震えぬわけはない。

(あ、あ……! だめっ……!)

歓喜が全身を満たしてゆく。そのせいだろう。いつもよりも数段早く脳が痺れ、理性が
朽ち、身体が蕩けてゆく。

すべてが、官能に呑み込まれてゆく。

「ン、あ……! ふぁ……あぁ、ん……!」

レオンの甘い唇が、巧みな舌が、大きな手が、悪戯《いたずら》な指が、そして逞《たくま》しい身体が、熱い
肌が――レオンのすべてが、リリィを求めている。これほどの喜びがあるだろうか。

リリィを呑み込むほどの喜びが、レオンによって残らず悦《よろこ》びへと姿を変える。下腹部が

きゅうっと切なくなり、疼《うず》いて、あらぬところがしとどに濡《ぬ》れてゆく。

「ふぁ、ん！　ン！　あ……あ、んっ……！」

それでは駄目なのに。

（だめ。流されては、だめ……）

快楽に流されてしまうなんて、絶対に駄目だ。

「や、ぁ……！　レオン……！」

「愛しているよ。私の白猫」

「っ……！」

愛している。

リリィだって、愛している。心の底から。

レオンだけだ。

レオン以外、何もいらない。

レオンを得られるなら、他のすべてを捨てても構わない。リリィが持っているものなどたかが知れているけれど。

このまま一生記憶が戻らなくったって構わないし、レオンのためならばどんなことでもしてみせよう。

でも、愛しているからこそ、レオンを傷つけることはできない。

王たるレオンの輝かしい功績に、汚点を残すわけにはいかない。

レオンを愚王にするわけにはいかない。レオンの足枷になるぐらいならばいっそのこと死んだ方がマシだ。

「っ……！　レオン、愛しているわ……！」

涙が溢れる。

リリィは顔を歪めて、拳で厚い胸板を叩いた。

「愛しているから、いや……！」

「ッ……！」

リリィの頑なな言葉に、レオンが小さく舌打ちする。

「強情だね。こんなにも身体を熱くしているくせに」

「んっ！　あぁ、あ……！」

レオンが再びリリィの耳に噛みつく。痛みに甘い悲鳴を上げたリリィの首筋に、喉に、鎖骨にと、ねっとり舌を這わす。

「あ……だめ……！　レオン……！　レ、オ……ン！」

「……甘い声を上げて。ねだっているようにしか聞こえないけれど？」

クスッと笑いながら揶揄《やゆ》する言葉に、かぁっと顔が熱くなる。

「ち、が……！　あ、んんっ！」

レオンが、色づいて熟れた胸の突起を食《は》み、音を立てて吸う。そして、もう片方を指で押《お》し潰《つぶ》し、捏ね回し、摘んで引っ張る。

色の違う快感が次々と背中を駆け上がり、痺れが全身にさざ波のように広がってゆく。甘い愉悦の波にあわせて、いやらしい液体がトロトロと溢れるのがわかる。

「ン、やぁ……あ、ン！　レオ……ン……」

駄目だと思うのに、何も考えられなくなってゆく。

思考力は根こそぎ奪われて、ただ感じることしかできなくなってゆく。

「だめ……レオン……！」

唇から洩《も》れる言葉とは裏腹に、全身が愛していると叫んでいるようだった。

「まだ言うんだね。随分切なそうに膝を擦りあわせているくせに」

レオンが低く笑ってリリィの白い足に手を這わせると、そのまま一気にリリィの下着を引きずり下ろす。

そして、ギョッとして身を弾かせたリリィの太腿《ふともも》をつかむと、大きく割り開いた。

「ッ……！　あっ……！　待っ……！」

「ホラ、もうこんなになっている……」

「っ……！　や……違っ……！　あ……んっ……！　ンン！」

「何が違う？」

愛泉の浅瀬をくちゅくちゅと指で掻き回して、レオンが笑う。

「あ、あ……！　ン！　だめ……あ！」

「駄目？　どうして。そんなわけないだろう？　こんなにトロトロに溢れさせて、駄目も何もないだろう？　リリィ」

「あ……や……！　だ、だめ……！　は、んっ……！」

「ホラ、気持ちいいだろう？」

わざと卑猥で粘着質な水音を立てて、レオンがリリィの秘裂をなぞる。

ゾクゾクと甘い愉悦が背中を駆け上がり、リリィはたまらず身を捩った。

「あ、あ……！　だめ……！　レオン……！」

「やれやれ。素直じゃない子にはお仕置きしてしまうよ？　リリィ」

レオンがため息をついて、しとどに濡れた指で蜜壺の上の突起を引っ掻く。

「あぁあっ！　ああ、ンっ！」

激しい快感が、リリィの身体を貫く。リリィはあられもない声を上げ、ビクンビクンと身を引き攣らせた。

「あぁ、あ！　ンっ……！　レオンっ……！　あ、あぁあ！」

ぬめる指で、更に肉芽を嬲られる。

身体中に痺れが走って、抱え上げられた足が空を掻く。

暴力的なまでの快感に更にビクンビクンと腰が弾け、艶《なま》めかしく揺れる。

「あぁ、あ、あ！　だめ！　レオン！　だめぇ！　あ、ンン！」

「どうして？　とめどなく溢れてくるのに……。『駄目』じゃなくて、『もっと』だろう？

そう言ってごらん？　リリィ」

「やぁ、あ！　あ、ンンっ！　ふぅ、んっ！」

擦《さす》り、捏ね回されて、花芽がぷっくりと熟れてくる。それを更に爪弾かれ、弄《もてあそ》ばれる。

いやらしい匂《にお》いのする蜜が奥からトロトロと溢れて、溢れて――内腿を濡らしてゆく。

「リリィは私のものだよ。これからもずっと」

「っ……！　レオン……」

嬉しくて、嬉しくて、だけど切なくて――ホロリと涙が零れてしまう。

何度も言うが、リリィだってずっと一緒にいたいのだ。

けれど――愛玩動物と妃では、大きく違う。妃として傍にいることなど、考えたことも
なかった。

（レオン……！　それは、だめなの……！）

レオンのお嫁さんになりたいと望んだこともあった。でもそれは、リリィがまだ道理を
知らない子供だったころの話だ。

「愛しているよ。リリィ」

「っ……！　わ、私も……」

愛している。

愛している。

だからこそ、妃にはなれない。

「愛している……の……」

レオンが大切なのだ。何よりも、誰よりも——リリィ自身よりもだ。

心から愛してやまないからこそ、大切で仕方ないからこそ、思うのだ。レオンの妃が、こんな自分であってはならないと。

どうか、わかってほしい。

愛していないからじゃない。

むしろ、愛しすぎているから。

レオンがいなくては生きていられないほど。

レオンが、リリィの生きる意味——そのものだから。

「だから……だめ……なの」

「強情だな……」

レオンがため息をつく。

「……レオン……。どうか、わかって……。私、は……」

「——あいにくと、こちらも譲る気はないんだよ。そう言ったろう?　リリィ」

「っ……！　でも、レオン……！」

「絶対に、譲らない。君を諦めたりするものか」

「ッ……！　ンンっ……！　あ、あぁあ！」

その言葉とともに、トロトロに蕩け切った蜜壺に指が押し入ってくる。

ゾクゾクと——えもいわれぬ喜悦が込み上げる。リリィはあられもない声を上げ、背を弓なりに反らした。

「あ……レ、オ……！　ふぁ、あ、あ……ンンっ！」

奥まで指を埋め込んで、親指でまた敏感な秘玉を転がし、押し潰し、擦り立てる。

「あ、あぁ！　ン！　あぁあ、あ、あ、あっ！」

リリィの意思に反して、もうどうにかなってしまいそうなほど、身体が昂《たかぶ》ってゆく。

身体の奥で生まれた茹《ゆ》だる熱が、リリィの淫らな欲望を目覚めさせてゆく。

「あ、ン……！　あ、あぁ！　んっ……！　だめっ……！」

「駄目と言われても、もう私の指を咥《くわ》え込んで放さないけれど」

レオンが残酷に笑って、更に激しく肉粒を嬲る。

激しい快感が全身を貫く。

リリィはガクガクと身体を震わせて、甘い嬌声を上げた。

「あぁ！　や、ぁ！　レオン！　レオン！　あ、ンンッ！　んぁ、あぁあ！」
既に慣れ親しんでしまった愛撫《あいぶ》に、身体が淫らに反応する。
頭の中まで蕩かされて、何も考えられなくなってゆく。
（あ、ぁ……！　だめ、なのに……！）
リリィはギュッと目を瞑り、奥歯を噛み締めた。
「……ッ……」
欲しく、なる。
その逞しい腕で、強く抱き締めてほしい。
その巧みな指で、全身くまなく触れてほしい。
その悪戯な唇で、あらゆる場所にキスをしてほしい。
そして――熱く滾る欲望で、この身体を刺し貫いてほしい。
理性が突き崩れ、はしたない欲望だけが脳内を占め、身体がひどく疼いてしまう。
欲しくて。
ただ、欲しくて――。
それ以外、何も考えられなくなってしまう。
「あ、あ……！　レオン……！　レオン……！」

「……可愛いリリィ。何が欲しいか言ってごらん？」

リリィの首筋にねっとりと舌を這わせ、レオンが言う。

「ちゃんと言えたら、ご褒美をあげよう」

「ッ……！」

その言葉に、奥歯を噛み締める。

（なんて……残酷な、私の王さま……）

新たな涙が、こめかみを滑り落ちてゆく。

「あ……あ……レオン……」

けれど――もう抵抗することなどできなかった。

「愛……して……」

想いとともに溢れ出した欲望が、唇から零れてしまう。

「愛して……ほしいよ……。レオン……」

おかしくなるほど、愛して――。

「レオ、ン……！　お願い……！」

「――いい子だ。リリィ」

レオンが満足げに微笑《ほほえ》む。

「よく言えたね。可愛いリリィ。――愛しているよ」

「っ……！　レオン……！」

「約束どおり、ご褒美をあげようね」

レオンが無造作に上着を脱ぎ、ベッド脇《わき》に放り出す。

「一晩中、愛してあげよう」

そして、色香に満ちた――凄みのある笑みを浮かべると、リリィの身体に覆い被《かぶ》さっていった。

第三章

朝起きた時――。一人きりのベッドで、リリィは涙を零《こぼ》した。

『リリィは私のものだよ。これからもずっと』

あの――レオンの声が耳にこびりついて離れない。

嬉《うれ》しいのに、切なくて、幸せなのに、つらく苦しい――。複雑に絡み合った感情が胸をギリギリと締めつける。

リリィは膝《ひざ》を抱えて身を震わせ、小さく泣いた。

ああ、どうすればいいのだろう――？


「え……？　行商……？」

花いっぱいの中庭――。噴水の傍《そば》のベンチでくつろいでいたリリィは目を見開き、新人メイドのメアリーを見上げた。

「は、はい。あのぅ、リリィさま。陛下から何かお聞きではありませんか？」

「いいえ。何も聞いていないけれど……」

リリィは抱いていたネージュを下ろし、首を横に振った。

「そう……ですか。どうしましょう。私たち、困ってしまって……」

「え？　ミセス・ケリーは？」

そういったことは、リリィではなく彼女に指示を仰ぐべきだろう。しかし、その問いにメアリーは更に困った様子で眉《まゆ》を下げ、首を横に振った。

「お昼から、所用でお出掛けなのです。夕方にはお戻りになるとのことですが……」

「あ……そうね。そうだったわね。ついさっき、昼食の際にそう聞いたわ。ごめんなさい。それで？　行商の方が来ているの？」

「はい。是非とも品を見ていただきたいと」

リリィは首を傾《かし》げた。

この離宮に行商が来るなど、この五年ではじめてのことだった。いや、もしかしたら、リリィが知らないだけで来ていたのかもしれないが。

だが、何を困ることがあるのだろう？　相手が行商であれ、それ以外であれ、レオンの許可がなくては、なんぴとたりともこの離宮に立ち入ることは許されていない。

それを示す何かを提示しない場合は、誰であろうと、門番が問答無用で追い返すことになっているはずだ。

「ええと……？　メアリー？」

メアリーがどうして困っているのかがわからず、首を傾げたままおずおずと尋ねると、メアリーが「それが……追い返していいものなのかどうか、門番が迷っているのです」と戸惑い気味に視線を揺らした。

「ここは深い森の中にあります。しかも、森自体が禁猟区です。民はまず近寄りません。貴族ですら、要職に就かれている方々以外は、ここに陛下の離宮があることを知らないと思います。私も、リリィさまにお仕えすることになってはじめて知りました」

「そうなの？」

「ええ。ですから、行商がここを偶然通りかかるなんてことは絶対にあり得ないのです。リリィさま。ここを知っていて、ここを目指して来なければ、辿《たど》り着けないような場所にこの離宮はあるのです」

「……！」

リリィは息を呑《の》んだ。

ということは、その行商人は、この離宮の存在も、その場所もはっきりと知っていて、その上でここを目指してやってきたということになる。

「……それは……」

「そして、その行商、国内で商いをしている者ではないようなのです。というのも、その行商人自身が異国の者のようで……」

　メアリーが言いにくそうに口ごもり、リリィの髪をチラリと見る。

「……あのぅ、もしかすると……ルーツがリリィさまに近い者なのかもしれません」

「えっ……？」

　ドクンと、心臓が大きな音を立てる。

　リリィは目を見開き、思わず立ち上がった。

「どういうこと？」

「あ、あの……確証はないのですが、その行商人は、とても明るい金の髪と琥珀《こはく》色の目をしているそうなのです。で、ですからその……こ、この国の者というよりは、リリィさまと故郷が同じという方がしっくりくるような……」

「ッ……！」

　息を呑んだリリィに、メアリーが「お、お生まれに関することに触れたりして、申し訳ありません！」とガバッと頭を下げる。あまりの勢いに何ごとかとびっくりしたものの、そういえばメアリーたちは、ミセス・ケリーから決してそれを口にしてはいけないと言い含められていたのだった。

　慌てて「大丈夫よ」と言うと、メアリーが怖々といった様子で顔を上げる。

「お、おまけに、女性なのです。ですから、もしかして陛下が手配された者なのかもと、門番は迷っていて……」

なるほど。それだけ揃《そろ》えば、そう考えるのが自然だろう。

「……ッ……」

心臓が早鐘を打ち出す。

自分とルーツが近いかもしれない。そう聞いてしまったら、もういてもたってもいられなかった。

（どうしても……話がしたいわ！）

もしかして、自分のことが何かわかるかもしれない。

「……入れて」

気がつけば、そう言っていた。

「は……？」

メアリーが驚いた様子で目を丸くする。

「入れて。責任はすべて私が負うから」

「え？　いえ、でも……」

「大丈夫よ。あなたたちが咎《とが》められることは絶対にないようにするわ。だから、入れて。

そうね……流石《さすが》に邸内に上げるわけにはいかないから、庭の温室へ」

「ほ、本当によろしいのですか？」

メアリーがひどく心配そうに言う。

「ええ。ミセス・ケリーやレオンには、ネージュを追いかけて門の傍まで行って、そこで門番に追い返されそうになっている行商人を見つけて、私が入れてほしいとねだったことにするわ。その行商人は一目で異国の者だとわかるのでしょう？　それも、私にルーツが近そうな」

「え、ええ」

「じゃあ、何も不自然じゃないわ。自分のことを何も覚えていない人間が、自分のことを知りたいと願うのは当然だと思わない？　ルーツが近そうな人物をはじめて目の前にして追い返せるわけがないわ。そうでしょう？」

「そ、それは……そうですが……」

メアリーがモゴモゴと呟《つぶや》く。

リリィは微笑《ほほえ》んで、ポンとその肩を叩《たた》いた。

「じゃあ、行商人を温室へ。そして、今言ったことを皆に伝えてくれる？　門番にもね。口裏をあわせること。私は着替えてすぐに行くわ」

「で、でも……それでは、リリィさまがお咎めを受けてしまうことになりませんか？」

「……！」

数歩行きかけたリリィは、その言葉にきょとんとしてメアリーを振り返った。

そして、思わず唇を綻《ほころ》ばせる。

「私の我儘《わがまま》だもの。怒られるのは私であるべきじゃない？」

「そ、そうかもしれませんが……」

「ありがとう。心配してくれるのね？　でも大丈夫。私がしたことだもの。その責任は、もちろん私が取るべきよ」

リリィはにっこり笑って、再度メアリーの肩をポンポンと叩いた。

「それに、本当にただの連絡ミスで、レオンが手配した人なのかもしれないじゃない？　だって、この国の貴族でも知らないここを、異国の行商人が知っているだなんて――どう考えても不自然じゃない？　むしろそっちの方が可能性は高いと思うわ。だから、きっと大丈夫よ」

「……！　そ、そうですよね」

メアリーがホッとしたように息をつき、両手を握りあわせる。

「きっとそうですわ。わ、私、門番に伝えてきますね」

「お願い。私も温室にすぐに行くわ」

メアリーが頭を下げ、パタパタと駆けてゆく。

リリィは小さく息をつき、身を翻した。

――あのミセス・ケリーが、そういった連絡を忘れるとは思えない。そして、レオンが手配していたとしても、外部の人間がやってくる時間にここを留守にするなんてことも、ミセス・ケリーは絶対にしない。あり得ない。

（おそらく、違うわ……）

十中八九、その行商人はレオンが手配した者ではないし、だからこそミセス・ケリーも把握していなかったと考えるべきだ。

「……ッ……」

ドクドクと、心臓が暴れる。

ミセス・ケリーの不在中を狙《ねら》ったかのように現れた、異国の行商人――。

入れるべきではないと、わかっている。

きっと、レオンは怒るだろう。ミセス・ケリーも。

それでも、会わずにはいられない。（レオン……ごめんなさい……！）

部屋に駆け込み、クローゼットを開ける。

自分が、何者なのかを知りたい。

「……ッ……！」

ズラリと並ぶ淡い色のドレスを見つめて、唇を嚙《か》む。

はじめて、痛烈《いや》に思う。

生まれなんて賤しくていい。身分などなくていい。せめて、自分が何処《どこ》の誰なのかだけでも知ることができたら。それだけで、いろいろなことが変わるだろう。

レオンのためにできることがあるかもしれない。

（お妃《きさき》にするのは無理だと、レオンも諦《あきら》めてくれるかもしれない……）

あるいは、お妃や愛妾《あいしょう》になる以外でレオンの傍にいられる方法が何かしら見つけられるかもしれない。

「…………」

リリィはキツく唇を噛み締めたまま、淡い薔薇《ばら》色のドレスへと手を伸ばした。

自分じゃない別の誰かがレオンの妻となる――。そう考えると、身が千切れそうなほど胸が痛む。悲しくて、つらくて、苦しい。

だけどそれ以上に、正体不明の自分を妻にして、レオンがしなくていい苦労をする方がいやだ。臣下や民から、いらぬ謗《そし》りを受ける方が、許せない。

それでも――レオンは諦めないと、譲らないと言うのだ。

そこまで想《おも》ってくれるのは、とても嬉しい。けれど――。

（このままだと、私はレオンを不幸にしてしまう……）

それだけは、絶対にあってはならない。

そのためにも、何かを変えなければ。

王であるレオンを守るためにも。

もう、このままではいられないのだ。

「……ッ……！」

リリィは、ドレスの袖《そで》をギュウッと握り締めた。

手早く身支度を整えて温室へ行くと、美しい花々とハーブの花壇に囲まれた煉瓦《れんが》造りの休憩スペースに、行商人が様々な品を並べているところだった。

「……！　ああ、これは姫さま」

行商人がひどく感激した様子でクシャリと顔を歪《ゆが》めて――しかし、その今にも泣き出しそうな顔を隠すように素早く膝をつく。

「こ、このたびは、商いをお許しいただきまして……」

深々と頭を下げて口上を述べる行商人を見つめて、リリィは内心首を傾げた。

（な、に……？　今の表情……）

まるで、会いたくて会いたくてたまらなかったと言わんばかりだった。

「あの……？」

「よもや、これほど美しい方のお宅とは！　驚きました！」

リリィの声を掻《か》き消すほどの声を上げて、行商人が勢いよく顔を上げる。

さっきの表情が気のせいだったのではと思うほどの、満面の笑み。

「本当になんてお美しい方でしょう！　姫さまに使っていただける道具が羨《うらや》ましい限り！　私も麗しい鏡であったなら、姫さまに毎日見つめていただけますでしょうに！」

　そうして、ひどく大仰な仕草で、大げさなことを言う。

　メアリーの言ったとおりだった。

　まるで柔らかな朝の陽光のような、プラチナブロンド。透きとおるような琥珀色の瞳《ひとみ》。とても明るく、朗らかな印象の女性――。年齢はレオンと同じぐらいだろうか。二十代後半といったところのように見える。

　リリィは戸惑いつつも、なんとか笑顔を浮かべて首を横に振った。

「そ、そんな……言いすぎですわ」

「いいえ！　これまで様々な国を巡ってまいりましたが、姫さまほど美しい方にはお目にかかれませんでした！　間違いなく姫さまの美貌《びぼう》は世界一です！　なんと素晴らしい！」

「………………」

　スケールの大きなお世辞に、思わず苦笑してしまう。

（もしかして、そういう性格なのかも……？）

　何ごとも大げさに表現する人なのかもしれない。それなら、ただ入れてもらえただけで泣き出しそうなほど感激するのも頷《うなず》ける。

　リリィは小さく息をつき、様々な商品が並べられた敷布の前にしゃがみこんだ。

「ああ、申し訳ありません。高貴な御方に膝を折らせてしまい……。身一つで商いをしておりますゆえ、台やテーブルのようなものはなくてですね……」

「え……？　ああ、いえ」

リリィは唇を綻ばせ、再び首を振った。

「お気になさらず。私は高貴な出ではありません。姫でもないのです。ですから、そんな心配は無用ですわ」

「え……？　しかし……」

「本当に。そういった身分ではありませんから……。わぁ。いろいろありますね」

ところ狭しと並べられた商品を見回して、目を見開く。

一点ものと思われる豪奢《ごうしゃ》なレースに見たこともない染めの布がいくつも。繊細な刺繡《ししゅう》が施されたハンカチーフ。様々なデザインのコサージュ。指輪にブレスレット、ブローチ、髪留め、ネックレスやアンクレットなどのアクセサリー類。玻璃《はり》の水差しにクリスタルの薬や香水の瓶たち。異国の意匠の小物入れや、それこそリリィでは使い道すらわからない物まで——とにかく珍しい物がたくさん並んでいた。

「凄《すご》いわ……」

年代物のオルゴールを見つめて、呟く。

はじめて見る物ばかりだった。

「こちらのレースは、大国キュアノエイデスで仕入れたものです。素晴らしいでしょう？　こちらのブローチは、東の小国サンディークスのもの。珍しい細工でしょう？　こちらのオルゴールはアエテルタニスのアンティークですよ。およそ二百年前のものです」

「え、ええと……」

リリィは人差し指を頰《ほお》に当て、上を仰いだ。

「すみません。あの、私は本当に世間知らずで、この国のこともろくに知らないありさまなのです。近隣の国のことも、キュアノエイデスぐらいしか知らなくて……」

それも、名前を知っているだけで、どんな国かは全く知らないのだけれど。

恥ずかしさに顔が赤くなってしまう。しかし、行商人は気にした様子もなく、「姫君は箱入りなものでございますよ」と黒い天然石を手に取った。

「では、簡単にお教えしましょう。まずはこの国、アエテルタニス。古語で、永遠という意味の名です。現王が、大国キュアノエイデスと並ぶ強国に押し上げました」

そして、その隣に青い石を置く。

「その、キュアノエイデス。古語で、青という意味です。大海に面した海洋国家ですね。近隣諸国の中では一番大きく、力があります」

黒い石を挟んで反対側に、紫の石。

「プルプレウス。古語で、紫という意味です。近隣諸国の中では一番歴史があり、伝統を重んじると言いますか、文化を大切にすると言いますか……少々閉鎖的なお国柄ですね。近代化とはほど遠く、民は昔ながらの生活を営んでいます」

紫の石の横に、小さな赤い石。

「サンディークス。古語で、紅の意です。小国ながら技術に関しては最先端を行きます。道具はサンディークス産が一番質がいいですし、アクセサリーもやはり他の国とは細工が全く違います。そして――最後」

そして、黒と青の間に小さな白い石を置く。

「シュトラール。古語で、白い光線を表します」

ドクンと、心臓が跳ねる。

リリィは息を呑み、その白い石を見つめた。

(な、に……？　ドキドキする……)

思わず両手で胸を押さえたリリィを見つめ、行商人が優しく微笑む。

「小さな国ですが、他のどの国よりも美しい国です。神々に愛されし国ですよ」

「神々に、愛されし……？」

「ええ。本当に、奇跡のように美しいのです」

うっとりと目を細め、行商人が言う。

まるで恋をしているかのような表情に、リリィの心臓が更に跳ねる。

「……とても、その国を愛してらっしゃるように見えるわ」

思わず言うと、行商人が少し照れたように頬を染めた。

「……ええ。私の母国なのです」

「……！　母国……」

ズキンと、胸が痛む。リリィは小さく唇を噛んだ。

ああ、普通の人は、自分の国をこんな風に誇らしげに語るものなのか。

(私は、私を育んでくれた国を覚えていない……)

急に心細くなる。

リリィは敷布へと視線を落とした。

(そうよね……。私にも、家族や故郷があるはずなんだわ……)

普通の人はそういったもので繋《つな》がっているのだと思うと、ひどく寂しくなる。

「……っ……」

リリィは奥歯を噛み締めた。

考えてみれば、リリィという名も、レオンがつけてくれたもの。

本当に、リリィは何一つとして自分のものを持っていないのだ。

(ここにいるのは……仮の自分なんだわ……)

ようやく、思い知る。

リリィは今、『自分』を失ってしまっている状態。今のリリィは、本当の『自分』ではないのだ。

思い出したいと思う。自分が何者かを知りたい。

『自分』を、取り戻したい。

レオンのためだけではなく、自分自身のために。

「……ッ……」

胸の前でギュウッと両手を握りあわせた——その時だった。

敷布の一番端にひっそりと置かれていたロザリオが、ふと視界に入る。

「……！」

ドクンと、心臓が一際大きな音を立てた。

銀の十字架に、同じく銀の聖母メダイ。玄義の珠《たま》は大粒のパール。それ以外は淡く光る水晶で作られている。ひどく年代物のようだった。

「…………」

言葉もなくまじまじとそれを見つめていると、行商人がハッと息を呑む。

「こ、これがお気に召しましたか？」

「え……？　え、ええ……。なんだか、凄く気になって……」

どうしてなのかはわからない。繊細な細工なのは確かだけれど、でもどちらかというとシンプルで飾り気が少ないものに見えた。

少なくとも、いくつか並ぶ中では一番見栄えがしない物だった。

素人目ではあるけれど、他の物の方が十字架やメダイの意匠も美しく、使っている石も上質に見えた。

それでも――目が離せなかった。

「……これは、おいくらですか？」

震える声で、問う。

どうしても手に入れなくてはならない――何故《なぜ》だかわからないけれど、そう思う。

「これが欲しいです。是非……売ってください」

「…………」

行商人がひどく嬉しそうに微笑み、首を振る。

「お代はいりません。姫さまに差し上げます」

「えっ⁉」

思いがけない言葉に、思わず目を丸くする。

「そ、そんな！　いただけません！」

「いいえ。姫さま。どうぞ貰《もら》ってやってください。それは私の母国の品なのです。とても思い入れのある品なのです」

「でしたら、なおさら！」

「それを一目で気に入ってくださった。他にいくつも豪華なロザリオが並んでいる中で。それは私にとって、凄く凄く嬉しいことなのです。意味の――価値のあることなのです。この喜び以上に、姫さまから何かをいただくことなど考えられないほどに」

「………」

本当に心からそう言っているようだった。表情にも仕草にも口調にも、一片の嘘《うそ》も感じられなかった。

しかし、だからこそ不可解だった。

「どうして……ですか？」

戸惑い気味にロザリオをじっと見つめて――ややあって、リリィは顔を上げ、行商人に尋ねた。

「どうして、これだけ？　あなたの母国の品なのであれば、他にも……」

「いえ、ありません。母国の品は、これだけです」

行商人がきっぱりと言う。意外な言葉に、リリィは目を見開いた。

「え……？」

「――キュアノエイデス以外の国で行商の予定がある時は、商品に母国の品は入れないのです。このロザリオだけが特別なんです」

「え？　ど、どうしてですか？」

　思わず身を乗り出すと、行商人が少し悲しげに笑う。

「シュトラールは身持ちの固い乙女のような国なのです。キュアノエイデス以外の国とは国交がありません。中でも、このアエテルタニスとは敵国と言ってもいい関係なのです」

「──っ！」

　物騒な言葉が、冷たく響く。リリィは息を呑んだ。

「敵、国……？」

「ええ。昔から、シュトラールとアエテルタニスは敵対関係にあるのです。この国がまだシュトラールとさほど変わらぬ小国だったころからです。ですが──今から百年と少し前、両国の間で休戦協定が結ばれ、不可侵条約が交わされました。それ以来、両国は表立った戦争はしていませんが……冷戦状態と言いますか、関係は決してよくありません」

「……冷戦、状態……」

「ええ。ですから、この国に母国の物は持ち込みません。完全に国交が断絶してから百年以上も経《た》っていますから、シュトラールに対して強い敵意を持っている人に実際に会ったことはありませんし、シュトラール人ということで差別されたり、トラブルに見舞われたこともないのですが……まぁ、念のためといったところですね。いらぬトラブルを生まぬように。行商の許可を得ている以上、持ち込んでいけないわけではないんですけどね？

まぁ、本当に……念のためですよ」

行商人が苦笑して、そのロザリオを手に取る。

「ですから——これだけ。これなら、何かあった時でも自身の御守《おまも》りだと言ってしまえばそれまでなので」

「…………」

行商人の、少しだけ切なげで悲しげな——複雑な笑みに、ザワリと不穏なものが背中を撫《な》でる。

リリィは行商人を見つめたまま、ゴクリと息を呑んだ。

(待って……？　さっき、メアリーはなんて言っていた……？)

『もしかすると……ルーツがリリィさまに近い者なのかもしれません』

メアリーの言葉が、脳内にこだまする。

『その行商人は、とても明るい金の髪と琥珀色の目をしているそうなのです。で、ですからその……こ、この国の者というよりは、リリィさまと故郷が同じという方がしっくりくるような……』

「ッ……！」

ドクンと、心臓がいやな音を立てる。

(まさ、か……)

全身から、血の気が引いてゆく。

リリィは思わず手で口元を覆《おお》った。

「あ、あの……行商の、方……」

「どうぞ、シェスカと」

行商人――シェスカがロザリオを差し出し、ニコッと笑う。

「シェ……シェスカ……さん……」

声が震えてしまう。

思い違いであってほしい。考えすぎであってほしい。どうか。どうか。どうか！

「なんでしょう？」

シェスカが小首を傾げ、更に綺麗《きれい》な笑顔を見せる。

リリィは意を決して、それを口にした。

「わ、私のルーツは……そのシュトラール国だと、思いますか？」

「……！」

シェスカが驚いたように目を見開く。

「……それは……」

「っ……。へ、変な質問をしてごめんなさい。でも、私……」

慌てて言い訳をしようとした――しかし、その刹那《せつな》。

「ええ。そう思いますよ」

シェスカがいともあっさりと首を縦に振る。

驚愕《きょうがく》が戦慄《せんりつ》となって、背中を駆け上がる。リリィは茫然《ぼうぜん》として、シェスカを見つめた。

「……え……？」

「というより、実は私の方こそ、それをお伺いしたくてうずうずしていたのです」

シェスカが、恭《うやうや》しくリリィの手を取り、その手の平にロザリオをそっと載せる。

そして、ロザリオとリリィの手を優しく両手で包み込んだ。

「シュトラール人の特徴は、抜けるように白い肌と、淡い——または明るい色の髪と目。中でも、シュトラールの高貴な方々は、白に近いプラチナブロンドとクリスタルのような透明感のある瞳をしていらっしゃいます。間違いなく、姫さまのルーツはそちらかと」

「ッ……！」

ドクドクと、心臓が暴れ出す。

すぅっと、身体が冷えてゆく。

「ですから、姫さまのお姿を見た瞬間、とても驚きました。同時に、凄く嬉しくて……。よもやこの国で、あなたのような方に出逢《であ》えるとは思っていなかったものですから……」

シェスカの手に力がこもる。

嬉しそうな——それでいて切なそうな、悲しそうな、苦しそうな——なんとも言えない表情に、言葉を失う。

「停戦は確かに両国につかの間の平和をもたらしましたし、百年以上の国交断絶は民から敵国への憎しみを奪いました。それはそうでしょうね。今や、かつて両国が血で血を洗う争いをしていた時代に生きていた人はいませんから。シュトラール人ということで差別を受けることもなく、それどころか『出身は何処？』などと訊《き》かれる始末です」

シェスカが「もう、シュトラール人の特徴を知らない人が多いのです。隣国なのに」と寂しげに言う。

リリィは小さく奥歯を噛み締めた。

そう――それはきっとそうなのだろう。リリィが、そんなにもシュトラール人としての特徴を備えているにもかかわらず、この離宮の者は誰もシュトラールの名を口にしたことがなかったのだから。

民が、百年以上も国交が断絶している国に疎かろうと、それは何も不思議じゃない。

問題なのは――。

「この国に来ると、とても心細くなってしまうことがあるのです。まるで、世界にたった一人でいるような……。皆がシュトラールを忘れてしまったような感覚に囚《とら》われて……」

シェスカのその言葉に、思わず顔を上げる。

（世界に、たった一人でいるような……）

それは、自分にも覚えがあるものだった。

「……シェスカさん……」

「ふふっ。ご心配なく。時折、の話です。でも――ですから、姫さまのお姿を拝見して、本当に嬉しかったのです。世界はちゃんと繋がっているのだと思えて。そのお礼ですわ。姫さま。どうぞ、受け取ってやってください」

シェスカがゆっくりと手を離す。

そして――胸に手を当て、恭しく頭を下げた。

「しばらく、この国に留まって商いをする予定です。どうぞご贔屓《ひいき》に」


―*◇*―


「どういうこと？」

離宮に行商人を入れたこと――帰るなりそれを知って一気に青ざめたミセス・ケリーから通報があったのだろう。ディナーの時間の随分前に、レオンは帰ってきた。ひどく険しい顔をして。

普段なら、機嫌の悪いレオンを刺激するようなことは絶対にしない。彼の心が凪《な》ぐまで大人しくしている。

けれど――今日だけは、無理だった。

リリィは、マントを脱ぐレオンに詰め寄り、開口一番そう言った。

「レオン。あなたは、私の身元を調べてくれていたんじゃなかったの？」

その問いには答えず、レオンがため息をつき、「こっちへ」とリリィの手を取る。

リリィはそれを振り払い、更に言った。

「皆が、国交のない国のことに疎いのは当然のことよ。何も不自然じゃないわ。だけど、あなたは違うでしょう？　レオンは――」

レオンはこの国の王だ。

王とは国を、そして民を導き、守る者だ。

その王が、敵国の事情に疎いなんてことがあるわけがない。

なぜなら、停戦とは、攻撃的行為や敵対行為を一時停止することを言う。

つまりそれは、終戦ではない。

百年以上にわたり戦闘が行われなかったのは、たまたま双方が協定を守っていたがために成し得たことで――つまりは結果論であって、決して戦争が終わっているわけではない。今も、いつなんどき戦闘が再開するかわからない緊迫した状況なのだ。

王として、敵国の動向はつぶさにチェックしているはずだ。――否、それは絶対にしていなければならないことだ。

万が一の時に、国と民を守るために。

だからこそ、レオンはこの国の誰よりも敵国に——シュトラールに詳しいはず。

それなのに——！

「ねぇ、レオン！」

「……落ち着きなさい。話をしないとは言っていない」

レオンがため息をつき、再びリリィの手首をつかむ。今度はかなり強く。

思わず痛みに顔を歪めたリリィの頭上で、レオンは「しばらく部屋に近づくな」と鋭く命じて、そのままその手を強く引いた。

「……！　レオン……」

「来なさい」

「っ……！」

ひどく冷たい声だった。

ザワリと冷たいものが背中を駆け上がる。

「レオン……！　わ、私……」

「…………」

呼びかけるも、冷たい背中がすべてを拒絶する。応えないどころか、こちらを一瞥《いちべつ》すらしない。まるでリリィを引きずるが如《ごと》く早い歩調も、微塵《みじん》も緩まない。

心臓がいやな音を立てて、リリィは思わず胸元を押さえた。

レオンを批判するつもりなんてない。怒らせたいわけでもない。

ただ、知りたかった。何故、今まで、シュトラールのことを教えてくれなかったのか。

それが訊きたかっただけ。

慌ててそう言おうとしたものの、それよりも早く、レオンに寝室の中へ連れ込まれる。

「っ……！　レオン……！」

半ば突き飛ばされるように部屋に押し込まれたリリィは、バタンとドアが閉まった音に
ビクッと身を弾《はじ》かせた。

「れ、レオン……」

「それで？　行商が来たって？　誰が入れた」

怒気を孕《はら》んだ声に、思わず身をすくめてしまう。

「わ、私が……」

「……ああ、訊き方が違ったね」

コツンと靴音を鳴らして、レオンがリリィに一歩近づく。

「誰が、行商が来たことを君の耳に入れた？　ミセス・ケリーだったら、そもそも行商が
来たことなど君に知らせはしないはずだ。耳に入れることなく、処理する」

「っ……！　わ、私が、たまたま門へ……」

「……ミセス・ケリーはそう言っていたね。門番も、メイドたちも皆、そう証言したと」

「そ、そう……私が……」

コクコクと頷くと、レオンがリリィに手を伸ばす。

そして──その絹糸のような白に近いプラチナブロンドを一房《ひとふさ》手に取り、長くて綺麗な指に絡めた。

「リリィ。嘘はいけない」

そのままそれを引っ張り、レオンがリリィの耳に唇を寄せる。

「嘘をつく子は嫌いだ」

「っ……！　レオン……！　わ、私は……」

「誰？　言いなさい」

「……っ……！」

奥歯を噛み締め、顔を横に振る。

言わない。約束したのだ。

リリィの我が儘でメアリーが咎められるなんて、絶対に駄目だ。

「……言わない」

「……そう。君は優しいね」

反抗心からではなく誰かを庇《かば》っているから言わないのだと──リリィが何も言わずとも

レオンにはわかっているのだろう。やれやれと息をついて、リリィの髪を梳《くしけず》る。

その手はひどく優しかったけれど、発せられた言葉はゾッとするほど冷徹だった。

「ならば、全員を処罰するまでだ。不在だったミセス・ケリーだけは除いてね」

「――！　駄目！」

思わずその胸に縋《すが》り、叫ぶ。

「だ、駄目！　私が悪いの！　私が入れてって言ったの！　誰も悪くないわ！　私が……私の我が儘なの！　レオン！」

「……入れたのは、もちろんそうだ。けれど、君の耳に入れた者にも責任はある」

「いいえ！　ない！　ないわ！　だって、そこで私が、レオンの言いつけを守っていればよかっただけの話だもの！　そうでしょう？」

激しく首を横に振り、レオンの服をつかむ指に力を込める。

「毅然《きぜん》とした態度でお断りするよう言わなかった私が悪いの。好奇心に抗《あらが》えなかった私が悪いの！　お願い！　レオン！　皆を責めないで！　お願いっ……！」

「…………」

レオンが顔を歪め、リリィから視線を逸《そ》らす。

そして――ひどく苛立《いらだ》たしげに深いため息をついた。

「……全く。勝手なことをしてくれた」

吐き捨てるようなその言葉に思わず身をすくめたものの、レオンの目はリリィを映してはいなくて――まるで遠くに誰かを見ているようで。

（今の、誰に言ったの……？）

ふと、不安になる。

そして――あらためて、自分は何も知らないのだと思い知る。

自分のことですら、自分の知らないところですべてが動いている。

思わず、唇を噛む。

『何も知らない』のは、『何もできない』のと同じことなのではないだろうか――。

（この五年間、私は本当にレオンに生かされていただけなんだわ……）

悪く言えば、ただ飼われていただけだった。

何も考えず、ただ諾々と与えられるものを享受していただけだった。

（……からっぽだわ……。私……）

自分から、何も知ろうとしなかった。

自分から、何かをつかもうとはしなかった。

自分のすべてをレオンに委ね、預けてしまっていた。

レオンの言葉を鵜呑《うの》みにし、頭から信じ、それこそ絶対であるかのように従った――。

ただ、レオンの望むように生きてきただけだった。

それは、必ずしもレオンが悪いわけではない。守ってもらえることに甘えて、何もしてこなかったのは、他の誰でもない――自分自身なのだから。

（それで、一度でもレオンのお嫁さんになることを望んでいたなんて……）

笑ってしまう。『己』というものを全く持たない自分が、愛玩動物《ペット》以外の何になれると言うのか。

（それじゃ、駄目だわ……）

この先――レオンの傍にいるためには、それでは駄目だ。

どんな形にしろ、レオンとの未来を望むならば、このままでは駄目だ。

（変わらなくちゃ……！）

間違いなく、望む未来をつかむための――それが第一歩。

リリィは意を決して、再びレオンを見上げた。

「レオン……！　私に、シュトラールのことを教えて……！」

「……！」

レオンがピクリと肩を震わせ、リリィに視線を戻す。

「必要ない」

「ど、どうして？　私の生まれた国かもしれないでしょう？　私……」

「っ……！　君はずっと私の傍で暮らすんだ。行くこともない異国のことなど知る必要がどこにある？」

「それは……！」

「それとも、シュトラールに行くために？　私から離れるために知りたいと？」

レオンがリリィの顎《あご》をつかみ、乱暴に引き寄せて言う。

リリィは大きく目を見開き、慌てて首を横に振ろうとしたものの、しかしレオンの手の力が強すぎて、それは上手《うま》くいかなかった。

「ち、違うわ。私――」

「ならば、必要ない。少なくとも、今はまだ」

ヒヤリと冷たい声で、レオンがきっぱりと言う。

（少なくとも、今はまだ……？）

その言葉にわずかな引っ掛かりを感じて、リリィは口を噤《つぐ》んだ。

（どういう、意味――？）

将来的にはいいということだろうか？　例えば――王妃になり、レオンの傍を、そしてこの国を離れられなくなってからなら構わない、とか？

「ッ……！」

ザワリと、戦慄が背中を駆け上がる。

考えすぎだとわかっている。けれど、最近のレオンの言動には不可解な部分が多くて、正直戸惑ってしまう。

――いや、もしかしたら、最近にはじまったことではないのかもしれない。そのことにリリィが気づかなかっただけで。

それでも――今まで、リリィが何かをしようとして、問答無用で抑えつけられたことがあっただろうか？ 駄目だと禁じるにしても、リリィが納得するまで、レオンはちゃんと話をしてくれていた。

それなのに。

「……！」

しかし、そこまで考えて、ふと唇に指を当てる。

（本当に……？）

それも、リリィが気づかなかっただけの話ではないのだろうか。

例えば、リリィは離宮から出ることを禁じられている。この五年間、リリィはレオンの言いつけを守り、ここから一歩も出ていない。

一度だけ、物語に描かれていた――少女の笑顔を取り戻すために夜毎《よごと》少女のもとを訪れ、様々な芸を披露するピエロに心惹《ひ》かれて、メイドに何処で会えるかと訊いたことがある。そのメイドは『でしたら、冬の市《ヒエムス》に行かれては？ 今はちょうど、冬の市が開かれている時期です。そこにはよく大道芸人が来ているのですよ。陛下におねだりしてみては？』とアドバイスしてくれたことがある。その夜、リリィは教えてもらったとおりに、レオンに冬の市に行きたいと——ピエロに会いたいとねだった。

レオンは、離宮の外がどれだけ危険なところかをリリィに説き、そのあらゆる危険からリリィを守るためにも、今はまだ外に出すことはできないのだと言った。だから冬の市は諦めなさいと。その代わり、ピエロには会わせてあげると。

レオンは約束を守り、数日後、三人のピエロを離宮に招いてくれた。

三人とも女性で、歌に踊り、ジャグリングやカードマジック、玉乗りなど、素晴らしい芸を見せてくれた。可愛《かわい》らしい犬たちを従える一番お姉さんのピエロには憧《あこが》れたものだ。

そしてリリィが寝るまでずっと一緒に遊んでくれて、とても楽しい時間を過ごした。

でも、今になって思う。本当に？　外に出てはいけないのは、本当にリリィを危険から守るためなのだろうか？

そんなにも、アエテルタニスの国は、民は、リリィに害をもたらす存在なのだろうか。

違うのではないか。

リリィをここから出さないために、外がどれだけ危険であるかを語って聞かせたのではないのか。そして、リリィの一番の目的だけを叶《かな》えてくれた。

確かに、その一件のあと、リリィは外に出たいとレオンに言うことはなかった。

目的が叶ったこともあるけれど、外がとても怖いところだと認識したからでもある。

（でもシェスカは、シュトラール人ということで差別されたことはないって言ったわ）

トラブルに見舞われたことも、実際にはないと。

ただ自衛のために、シュトラールの物を持ち込まないようにしているだけで。

「……っ……！」

考えすぎだと思いたい。

そうではないと信じたい。

レオンが自分を騙《だま》していただなんて、想像するのもいやだ。

（ああ、だけど――）

リリィはギュッと目を瞑《つぶ》った。

ただ――その日以来、冬の市のことを教えてくれたメイドの姿を見なくなってしまったことだけは確かだ。

「レオン、どうして……？」

震える声で、問う。

「ちゃんと説明して。どうして、シュトラールのことを教えてくれないのか。今は駄目な理由でもいいわ。ちゃんと、説明してくれたら……」

信じる。信じるから。どうか話してほしい。

問答無用で抑えつけるような真似《まね》だけはしないでほしい。

「レオン……！」

縋るような思いで手を伸ばす。

しかし、レオンはリリィの問いには一切答えることなく、ただその手をつかみ、乱暴に引っ張った。

「きゃ……！　んぅ――！」

そのまま引き寄せられ、唇を奪われる。

驚愕にビクンと身体を弾かせた瞬間、レオンの舌がひどく性急な様子でリリィの歯列を割る。

「んぅ、ん――！」

昨夜と同じ、荒々しくリリィを奪い尽くすためのキス。

その熱さに、激しさに――そして裏腹の甘さに、リリィはギュッと目を瞑った。

「ん、ン……ん！」

グチュリと舌が絡む音が脳内に響き、ゾクゾクと快感が背を震わせる。

流されては駄目だ。今度こそ、うやむやにされるわけにはいかない。そう思うのに――

しかし、レオンの胸を押し返す力はみるみるうちに弱くなってゆく。

「ン……んぅ……ふ……」

ジンと頭の奥が痺《しび》れはじめて、両腕からだけではない。全身から力が抜けてゆく。

「――駄目だ」

ちゅくんと唇がほどけた瞬間、冷たい声が響く。

「っ……！　レオ……！　きゃあ！」

思わず反論しようとした瞬間、ドンと強く突き飛ばされる。リリィは大きくバランスを崩して、黒い革張りのソファーに倒れ込んだ。

「あ！　何、を……！」

素早く身体をうつ伏せになるよう反転させられ、ドレスの裾《すそ》を一気にたくし上げられ、そのまま腰をつかまれて引き寄せられる。

「あぁ！　やっ……！」

レオンが何をするつもりなのかを察して、身を起こそうともがく。

しかしその瞬間、頭をグッと押さえつけられて、リリィは息を呑んだ。

「レオ、ン……！」

「駄目だ。許さない。何も知る必要はない。君はここにいるんだ。私の傍に」

「っ……！　レオン……！　傍にいたいの！　勘違いしないで！　わ、私、離れたいわけじゃないの！　レオンの傍にいたい！　傍にいたいからこそ――」

違うのに。離れるために、自分のことを知りたいと言ってるんじゃない。

記憶を取り戻したいと切実に願うようになったのは、レオンの傍にいたいからこそ。

今のままでは、いつか自分は去らなくてはいけない。

その日は、間違いなく来る。

どれだけレオンが望んでくれていても、『正体不明の女』のままで王妃になるだなんて現実的じゃない。そう思うのは、リリィが世間知らずだからではないはずだ。

誰もがそう思うからこそ――ミセス・ケリーもあれだけ青ざめていたのだ。

「わかって！　レオン！　違うの！」

ずっと、レオンの傍にいたい。レオンが望んでくれるなら、なおさら。

だからこそ、自分を取り戻したい。

どれだけ元の自分が身分賤しかろうとも、『正体不明の不審者』よりは、絶対にマシなはずだから。

自分を取り戻した上で、どんな形であれレオンの傍にいられるように、ありとあらゆる努力をしたいのだ。

「わかって！　レオン！　私は……」

「――それなら、言うとおりにしておけばいい」

レオンがリリィの下着を引きずり下ろす。

そしてーーリリィは悲鳴を上げた。

刺し貫かれた身体より心が痛くて、リリィは鳴き濡《ぬ》れながら――泣いた。

『しばらく忙しい。一週間ほどだが――こちらには来られなくなる。いいね？　リリィ。

大人しくしていなさい』

―＊◇＊―


その――数時間後のこと。

何度も貫かれ、注ぎ込まれ、快感の余韻と乱暴な行為による凄《すさ》まじい疲労にピクリとも
できなくなってしまったリリィに――レオンは一人、素早く身支度を整えながら、冷たく
言い放った。

『私を、これ以上怒らせないでくれ』

そして、返事一つできずにいるリリィを残して、部屋から出ていってしまった。

これから夜が更けていこうかという時間なのに、離宮を出ていくのだ。傍にはいてくれ
ないのだ。

リリィは声を殺して泣いた。――一晩中。

そして――翌朝。リリィは行動を起こした。

「…………」

レオンを嫌いになったわけではない。今も、心から愛しているし、ずっと傍にいたいと

思っている。

仮に思い出すことを――自分を取り戻すことを諦めたとしても、それは元に戻るだけの話だ。レオンの機嫌はよくなるかもしれないが、自分とレオンの関係は期限付きのまま。何一つとして変わりがない。

それでは、駄目なのだ。

「……リリィさま」

コンコンと、控えめにドアがノックされる。素早く立ち上がってドアを開けると、固い表情のメアリーが立っていた。

「っ……！　ああ、メアリー。待っていたわ。……どうだった？」

「……これに」

メアリーが差し出したのは、純銀製のニトロケースだった。大輪の薔薇の細工がひどく美しい。

「…………」

無言のまま受け取り、そっと蓋《ふた》を開けると、中には小さなメモが。

『すべて、お心のままに。三日後　十六時　南奥の薔薇園』

流麗な筆致で書かれたメッセージを見て、ほうっと息をつく。

「夜じゃないのね……」

思わずポツリと呟くと、メアリーが小さな声で言う。

「お茶の後から夕食までの間、リリィさまはいつもお一人で過ごしていらっしゃいますから。『いつもと同じ』と思っている皆の盲点をつくのだそうです。それにその時間帯は邸内の皆が忙しい時でもありますから……」

「ああ、なるほど……」

「それに、夜の森はとても危険だから、だそうです」

その言葉に、唇を綻ばせる。

リリィはニトロケースを両手でしっかりと握ると、メアリーを見つめた。

「……手伝わせてしまって、ごめんなさい」

「いいえ。リリィさま」

メアリーが首を横に振り、微笑む。

「新参者の私に相談してくださって、ありがとうございます。——ご武運を」

深々と頭を下げ、メアリーが素早く踵《きびす》を返す。二人で話しているところを、できるだけ他の人に見られないようにという配慮なのだろう。リリィは心の中で深く感謝をしながら素早くドアを閉め、大きく息をついた。

「……三日後……」

ドクドクとうるさい心臓にニトロケースを握った手を当て、息をつく。

「レオン……！」
愛《いと》しい人の名を呟き、ギュッと目を閉じた。
三日後——最大の禁を破る。
自分を知るために。
これからの未来を、レオンと生きるために。
自分で、自分の運命をつかみに行く——。

第四章

アエテルタニスでは年六回、大規模な市が開かれる。

そのうち、首都・アートルムで開かれるのは、一月の新年の市《ノイヤール》と五月の春の市《ウェール》、そして十一月の冬の市《ヒエムス》だ。

その三つの市はいわば大国際市場で、アエテルタニスの商人だけではなく、近隣諸国の商人も集まる。その国の特産品や工芸品はもちろんのこと、更に遠方の諸外国の品々まで多種多様なものがもたらされる。

更に、首都での大市《おおいち》にはそれぞれ新年の、春の訪れの、そして収穫の祝祭という一面もあり、仮装行列やダンスイベントなどの催し物が行われる。

あちこちで、呑《の》めや歌えやの大盤振る舞い。かつてリリィが会いたがった大道芸人《ピエロ》も、大市を盛り上げるべく、あちこちでパフォーマンスを見せる。

「…………」

既に日は落ちたというのに、大通りはまるで昼間のような明るさだった。

大通りの両側にはズラリと露店が並び、たくさんの品々が並んでいる。香辛料、染料、医薬品、宝石、貴金属、絹織物《きぬおりもの》、羊毛、毛皮——そしてもちろん食料品に生活雑貨など、多種多様な物に溢《あふ》れていた。

軽快な、商人たちの声。

物珍しそうに露店を覗《のぞ》く人々。

両手いっぱいの荷物を抱えてふらつく人々。

いい匂《にお》いに誘われて、食べ物の露店で空腹を満たす人々。

グラスを片手に、賑《にぎ》やかな音楽に合わせてステップを踏む人々。

物だけではない。人、人、人の洪水だった。

（凄《すご》いわ……。なんて人の数……）

シェスカが、リリィを離宮から連れ出す日を『三日後』と指定したのは、この春の市にあわせるためだったのだと、ようやく気づく。

一目でこの国の民ではないとわかってしまう白い姿のリリィも、仮装をした人や派手に着飾った人、そして奇抜な衣装を身に纏《まと》い、元の顔がわからないほど化粧をした大道芸人たちがこれだけ溢れていれば、さほど目立たない。

あっけにとられるリリィの前に、大市の説明をしてくれていたシェスカが「失礼を」と言って手を差し出した。

「はぐれるといけませんので」

「え？　あ……はい」

おずおずとその手を握る。

誰かと手を繋《つな》いで歩くのは、はじめての経験だった。自然と頰《ほお》が上気し、ドキドキと心臓が高鳴る。

（これが、大市……。なんて盛大なの……！）

ついつい、状況も忘れて露店を覗きたくなってしまう。

「凄いでしょう？　アエテルタニスの大市は年々盛大になっています」

リリィの手を引いて先を歩くシェスカが、大きな声で言って、肩越しにリリィを見る。

「勢いのある国には、人も物もどっと流れ込みます。来年はもっと盛大でしょうね。今のアエテルタニス王はとても力のある人ですから」

「こ、これより、更に……？」

これが天井ではないのか。

「凄いわ……！」

「ええ。本当に凄い。百年の間に、本当に差をつけられてしまいました。いえ、百年ではありませんね。領土についても、国力についても、現アエテルタニス王が即位して一気に大きくなりましたから。ここ十七年といったところですか。いやはや……」

「十七年？」

思わず訊《き》き返すと、シェスカが再び肩越しにリリィを振り返り、頷《うなず》く。

「ええ。現アエテルタニス王は、十二歳の時に即位したのですよ。幼い少年王に、近隣の国々はアエテルタニスの領土を手に入れるチャンスと息巻いたそうですが、しかしながら王は見事にすべて返り討ちにしたそうですよ。そして、戦争の責任と謝罪という名目で、賠償金と領土の一部を没収。そうしてこの国の領土を広げたのが、アエテルタニス躍進の第一歩なんです」

「……百年間戦闘がないということは、シュトラールはレオ……少年王が即位した際には一切手出しはしなかったんですね？」

「ええ。そうなんです。結果論としてシュトラール王の判断は正解だったのですけれど、当時はいろいろ言われていましたね。一気に決着をつける好機に、何故《なぜ》動かないのかと。王を無能者と批判した者もかなり多くいました」

「それは、民が？」

「いえ、シュトラールの民もアエテルタニスの民と大差ありません。戦争をしたいという人は、もういませんよ。相手国への憎しみを根強く持つ人も」

「では、誰が……」

「国の要職にある一部の人や、戦争が商売になる人や、シュトラールとアエテルタニスが潰《つぶ》しあってくれたら嬉《うれ》しい、他の国のお偉いさんとか……いろいろです」

シェスカがやれやれといった様子で肩をすくめる。

「戦争なんて……しないに越したことはないもの、でしょう?」

そんなこと、リリィですらわかるというのに。

それなのに、そんな——まるで煽《あお》るようなことを言うのか。そりゃ、商売人は何処《どこ》まで本気で言っているのかわからないけれど、国の要職にあるような人がそんなことを言っていいものなのだろうか。軽率ではないのか。

「それなのに……?」

「そうですね。それなのに、です」

シェスカが皮肉げな笑みを浮かべて、頷く。

「戦争によって利や力を得るような上の方々は、実際に戦争に赴くことはほとんどありません。どれだけ民が死のうと、地が焼かれようと、自分を潤すものの方が魅力的で重要に思えるのでしょうね。——仕方ありません。人間とは欲の塊ですから」

「そんな……だからって……」

「……戦争は王さま一人でやれることではありません。そして、王さま一人で止められるものでもありません。時に王さまは誰よりも不自由で、歯痒《はがゆ》い思いをなさっているのかもしれませんね」

ひどく悲しげで、切なげな声だった。

リリィは唇を嚙《か》み締め、じっとシェスカの背中を見つめた。

（誰よりも、王さまこそが……不自由……？）

レオンも、そうなのだろうか？

（私の知らないところで悩み、苦しんでいたの……？）

きっとそうなのだろう。この国を強国に伸《の》し上げた辣腕《らつわん》者――。そのレオンが、悩み、苦悩していないわけがない。

けれど――リリィの前では、レオンはそれを微塵《みじん》も表に出しはしなかった。

だからだろう。今までレオンが抱えている王たる重責について、ちゃんと考えたことはなかった。

（私……。本当に、可愛《かわい》がってもらっていただけだったんだわ……）

可愛がられていただけだった。

守られていただけだった。

与えてもらうばかりで、リリィはレオンに何も返せていなかった。

「……ッ……」

小さく、唇を嚙む。

愛玩動物《ペット》でなくなれば、そういったことも話してもらえるだろうか？

自分を取り戻せば、レオンの心を支えられるようになるだろうか？

そうなりたいと思う。否、そうならなければ、禁を破った意味がない。

「せっかくの春の市ですのに、暗い話をしてしまいました」

リリィが黙ってしまったことに気づいたのだろう。シェスカが足を止め、慌てたように振り返る。

「ええと……今言ったことは気にしないでくださいまし。そんな話がしたかったわけではなくてですね」

シェスカが取り繕うように言って少し逡巡《しゅんじゅん》し——それから何かに気がついたかのようにパンと手を打った。

「あ！　ええと、この先に私の常宿があるのですが、女将さんが常連の私のためにシュトラールの料理を覚えてくださいましてね。ケーニヒスベルガークロプセが絶品なんです。あとはツヴィーブルクーヘン。そして、シュペッツレも。ご存知ですか？」

もちろん、どれも知らない。首を横に振ると、シェスカがにっこりと笑う。

「茹《ゆ》でた肉団子をレモンの果汁とケッパーで味付けして、ホワイトソースで煮込んだ料理ですね。ツヴィーブルクーヘンは、たっぷりの玉ねぎのキッシュです。私、これが大好きなんですよね～。そしてシュペッツレは、シュトラールのパスタです。代表的なソースはレンズ豆のものです。姫さまは、嫌いなもの、食べられないものはございますか？」

「離宮で出ていた料理で嫌いなものや、食べられなかったものはないですけど……」

食べたことのない料理はわからない。

「でも、聞く限りは大丈夫だと思います」

「私が滞在中なので多分材料は用意してくれていますが、念のため買っていきましょう。そうだ。フィンケンヴェルダーショレはカレイを使った料理です。カレイは今が旬です。せっかくなので、それもいいかもしれませんね」

シェスカがニコニコしながら明るい声で言う。

「シュトラール料理を食べて、かの地のワインを呑みながら一晩中でもお話ししましょう。どんなことでもお教えしますよ。夜が明けたら、昔から懇意にしている書物を扱う店へとご案内します。この国のこと、シュトラールのこと、そして世界のこと。書物ほど優れた先生はいませんからね」

「朝……」

ふと、今来た方向を振り返る。

離宮では、もうとっくにリリィの不在が騒ぎになっているはずだ。おそらく、レオンの耳にも既に入っているだろう。

朝になって、外に出ることなどできるだろうか？

夜のうちに見つかって、連れ戻されたりしないだろうか？

いや、そもそも、レオンはリリィを連れ戻しに来るだろうか？

このまま、捨てられてしまったりしないだろうか——？

「……駄目ですよ。姫さま」

思わず唇を噛み締めた瞬間、繋いだ手に力を込め、シェスカが優しく言う。

ハッとして視線を戻すと、彼女は穏やかに微笑《ほほえ》んだまま首を横に振った。

「ここで迷っては駄目です。——決めたのでしょう？」

「……！」

リリィは息を呑み——それからお腹《なか》に力を込め、大きく頷いた。

「——ええ」

そうだ。禁を破ることを決めたのは、自分だ。

未来を——レオンとともに生きるために。

今考えるべきは、心を砕くべきは、限られた時間の中で一つでも多くシュトラール国について知ることだ。

たかだか一日や二日で自分の身元がわかるとは思っていないし、記憶が戻るとも思っていない。ただ、あのまま情報が極端にシャットアウトされた離宮にいては、何もはじまらない。

まずは、知ること。

自身のルーツかもしれない国について、一つでも多く情報を仕入れることだ。

それが、すべての足がかりになる。

「そうだったわ。ごめんなさい。味や匂いって、記憶と結びつきやすいんでしたよね？

シュトラール料理、楽しみです」

もしかして、昔食べたことがあるかもしれない。

それを、少しでも思い出すかもしれない。

そしてそれが、他の記憶を呼び覚ます鍵《かぎ》になるかもしれない。

小さな変化で構わない。そんなものでも、この五年間――一切なかったのだから。

「時間は限られてますし、とにかくなんでも試してみたいです。とりあえずは、食事からですね！」

気を取り直してにっこりと笑うと、シェスカが満足げに頷く。

「では、気を取り直して、宿へと急ぎ……おっと」

人ごみの中に黒い軍服を見つけて、シェスカがさりげなく背でリリィを隠す。

幸いにも、春の市。大通りにくり出している民は仮装をしている者が多く、二人の姿は平常時ほど目立たない。

リリィを探している者ではなかったのか、軍服の男は二人に全く目を留めることなく、さっさと通り過ぎてゆく。

リリィがホッと息をつくと、シェスカが「うーん……。あんまりウロウロしているのもよくないかなぁ？」と言って眉《まゆ》を寄せる。

「数は少ないでしょうが、春の市ともなればシュトラールの商品を扱う店もそこそこあるでしょうし、もう少し見て回りたかったんですけど。でも、色気を出さずに宿に急ぐべきかもしれません。何もできないまま連れ戻されてしまっては、意味がありませんしね」

そう言って、再びリリィの手を引いて歩き出す。

「連れ戻されてしまえば、再び抜け出すことは困難になるでしょう。監視も厳しくなるに違いありませんし、私も素人ですから、そうなってしまえば二度と姫さまに近づくことは叶《かな》わなくなるでしょう」

「……そうですね」

レオンの性格的に、それは間違いないだろう。

二度目を許すほど、甘くない。

これが、最初で最後のチャンスと思って間違いない。

だからこそ、この一度で何かを——どんな小さなものでもいい。何か一つでもつかんで帰らなくてはならない。

「今回は警備兵だけではなく、巡回兵もかなりの数ですからね。私たちの姿がいつもほど目立たなくなっているとはいえ——リスクが低くなっているとは言い難《にく》い状況ですしね。

急ぎましょうか」

「え……？　今回、は？　ええと……いつもは違うんですか？」

「ええ。そりゃあ、大規模な祭りとなれば、どうしたってハメを外してしまう者が出ます。そのため、警備の兵があちこちに配置されているのですが、今回は視察だとかで春の市に外国から賓客《ゲスト》がいらしているのです。それもあり、いつにも増して厳重な警備が敷かれているのですよ」

「ゲスト……？」

「ええ。キュアノエイデスの第三王子――でしたか」

「……！」

ドクンと、心臓が大きな音を立てる。

同時に、そんな反応をした自分自身に驚く。

リリィは思わず胸を押さえると、眉をひそめた。

（なに……？）

じわじわと、なんだかいやな予感が胸内に広がってゆく。

けれど、何故かがわからない。どうしてこんなにも、いやな気持ちになるのか。

キュアノエイデスの名前は、今まで何度も耳にしているけれど、こんな気持ちになったことはない。

では――？

「キュアノ……エイデスの……第三王子？」

震える声で繰り返すと、鼓動が更に不穏に速くなる。

「ええ。キュアノエイデスの名前はご存知でしたっけ。先日簡単に説明しましたね？　近隣諸国の中では一番の大国です。キュアノエイデスの第三王子のお妃《きさき》はシュトラールの第二皇女なのもあり、キュアノエイデス自体はシュトラール寄りなのですが、この国とも古くから国交があるのです」

「――！」

再び、心臓がいやな音を奏でる。

「シュトラールの……第二皇女……？」

すぅっと血の気が引いてゆく。

リリィは知らず知らずのうちに、繋いだ手に力を込めた。

身体の内側をザラザラの舌で舐《な》め回されているかのような不快感に、眉をひそめる。

なんだろう？　ひどくいやな気持ちだ。気持ち悪い。

「王子の伴《とも》でこの国を訪れたのでしょうね。酒場で青い軍服の兵士も多数見かけますよ。キュアノエイデスはシュトラールと国交がある国。兵士の話はきっとかなり参考になると思いますが……今日は声をかけない方が賢明でしょうねぇ」

「……！　話、を……？」

何故だか、ギクリとする。

（キュアノエイデスの、兵士に……？）

冷や汗が、背中を滑り落ちてゆく。

リリィはブルリと身を震わせた。

シェスカは何もおかしなことなど言っていない。兵士に声をかけることは、そんなにも危ないことでも嫌悪感を伴うことでもないはずだ。

ほんの少し、世間話的に、国交のある国の話を訊くことも、だ。

それなのに、どうしてこんなにもいやな気持ちになるのか。わけがわからない。

だけど――これだけはわかる。

それは、近づいてはならないものだ。

本能が、そう告げている！

「ね、ねぇ、シェスカさん。わ、私、兵士の方に話を訊くのはちょっと……」

「え？　ですから、今日はしませんと……姫さま？」

振り返ったシェスカが、リリィを見て眉をひそめる。

「どうしました？　お顔の色が……」

「っ……！　な、なんでも、ありません……。それより、早く、お宿に……」

思わずといった様子で立ち止まったシェスカに、早くと促そうとした——その時。

そう、まさにその瞬間、だった。

「——ッ！」

雑踏にまぎれてこちらへ歩いてくる青い軍服の男二人を、視界が捉《とら》える。

戦慄《せんりつ》が、走った。

「あ……あ……あ……」

悲鳴を上げなかったのは、もはや奇跡としか言いようがなかった。

凄《すさ》まじい恐怖と不快感が臓腑《ぞうふ》を突き上げ、リリィの心を染め上げる。

「姫さま？　どうなされました？」

シェスカが顔色を変え、リリィの両肩を抱く。

しかしその瞬間、青い軍服を着た男の一人が、ふとリリィに目を留めた。

「え……？」

何故か、その男がひどく驚いた様子で目を丸くする。

「——ッ！」

瞬間、頭の中で、ゴトリと地獄の蓋《ふた》が開く音がした。

中から『よくないもの』が一気に溢れ出し、リリィの脳内をそれ一色に染め上げる。

「姫さま!?」

目の前が真っ暗になる。シェスカが驚いたように叫ぶも、そのまま視界は霞《かす》んでゆく。

「おい、お前たち――?」

男の声がする。

リリィはシェスカの腕の中に崩れ落ちた。

そして――まるで地獄の底に引きずり込まれるかのように、意識を失った。

―＊◇＊―

ただ必死に、走っていた。

自分の息遣いが、ひどく耳障りだった。

『……はぁ……はぁ……』

木々は鬱蒼《うっそう》と茂り、葉が空を覆い隠している。そこは、闇《やみ》だった。月の光も届かない、一寸先もわからぬ漆黒。

王宮の北――大聖堂が守る森。王ですら侵すことができない奥森。

『……はぁ、はぁ……』

だからこそ、踏み入った。

逃げるために。

ああ、そうだ——そうだった。五年前にも、自分は禁を犯したのだった。踏み込んではいけない場所に、入り込んだ。

あの男から、逃げるために。

森の中をほぼ手探りで走って、走って、走って——両足の感覚がなくなるまで走った。

足がもつれて派手に転んだ時にはもう、シルクの靴下にはあちこち穴が空いて、両足は血と泥でドロドロというありさま。

限界だった。歩くどころか立ち上がることもできなくなって、逃げ切るためにも、少し休もう。五分だけ休もう。休んだら、また走ろう。そして逃げよう。

そう——自分を納得させ、雨の匂いのする土に顔を埋めたまま息をついた——その時。

ガサリと茂みを掻《か》きわける音を耳が拾い、リリィは弾《はじ》かれたように顔を上げた。

『……う、そ……』

追ってきた⁉　こんなに早く⁉　どうして⁉　ここは奥森なのに⁉

まさかという思いとともに、恐怖が胸を突き上げた。

ガクガクと全身が震えた。逃げなくては。捕まるわけにはいかない。だがそう思えど、怪《け》我《が》と疲労と恐怖から、もうリリィの身体は動かなかった。

その間にも、音は近づいてくる。まっすぐに。確実に。

『……い、や……』

ボロッと涙が零《こぼ》れる。

いやだ。いやだ。お願い。来ないで。

必死の願いもむなしく、一寸先の闇から溶け出すように現れた——黒い人影。

それがのそりと手を伸ばす。

『ッ……！　いやっ！』

リリィは思わず頭を抱えて地に伏せ、ギュッと目を瞑《つぶ》った。

そして——絶叫したのだった。

『いやぁぁあぁああ——っ！』

『っ……！　どうした！　何があった！』

人影が叫ぶ。知らない声だった。

ビクンと身を震わせると、その声が更に言う。

『どうした？　一体、何が……。こんなところで……』

到底、応えることなどできなかった。ましてや、顔を上げることも。恐ろしくて。

小さくなってガタガタと震えるリリィに、声のトーンが変化する。

『……驚かせてすまなかった。謝るよ。だから、どうか落ち着いてほしい。お願いだよ』

そのひどく優しい声に、思わず目を見開く。

『何もしない。大丈夫だ。怯《おび》えないでくれ。私は怪しい者じゃない。——とは言っても、こんなところにいたら、説得力はないのだけれど。でも、君を傷つけることはしないよ。絶対にだ。だから――顔を上げておくれ』

リリィは目を見開き、恐る恐る顔を上げた。

そこにいたのは、漆黒の髪と目を持つ、美しい人だった。

『っ……！』

思わず、息を呑む。

手にランプを持っていたのに、闇に溶けるようだと思った。この国に、そんな色あいを持つ人はいない。

はじめて見る美に、心奪われる。

なんて――綺麗《きれい》なのだろう。

『…………』

不思議と、怖くはなかった。

それどころか、強烈に惹《ひ》かれた。

そして同時に、泣きたくなった。

安らぎと眠りをもたらしてくれる優しい夜そのもののような黒の王子さま。

その腕の中に飛び込んだら、リリィのことも癒《い》やしてくれるだろうか？　守ってくれるだろうか？

まるで魅入られたかのようにぼうっとするリリィに、黒の王子さまはランプを地面へと置いて、素早く腰の剣も外してその横に置いた。

『怪しい者じゃない。危ないものも外した。近づいても――いいかい？』

それには、首を横に振る。

恐怖はだいぶ遠ざかったけれど、それでも傍《そば》には来てほしくなかった。

黒の王子さまは心配そうに眉を寄せると、『困ったな……。では、どうすればいい？　どうすれば、近寄ることを許してくれる？』と両手を広げた。

『ねぇ、君が心配なだけだよ。君の怪我を確かめたい。それだけだ。何もしないよ。君がいやがることは、何も』

『…………』

『本当に。シュトラールの神々に誓おう。絶対に何もしないよ。だから――お願いだよ。ねぇ、リトル・プリンセス……』

その言葉に、ハッとする。

リリィはあらためて黒の王子さまを見つめた。

プリンセスと言った？　ということは、黒の王子さまは自分を知っているのだ。

『っ……！　や……』

一気に、恐怖が戻ってくる。リリィは身体を震わせた。

ああ、なんてことだろう。見つかってしまった！

『あ、あなたは、しょうたい、された人……なのね？』

『え……？』

リリィの言葉に、黒の王子さまが目を見開く。

その——刹那《せつな》。

『——アエテルタニス王。そちらか』

『ッ……！』

朗々とした威厳のある声が、空気を震わせる。

それは、リリィがよく知る——愛してやまない人物のそれだった。

駄目だ！　逃げなければ！　隠れなければ！　こんな姿を晒《さら》すわけにはいかない！

愛すべき人たちのため、そして愛するこの国のために、それだけは絶対に避けなくてはならない！

『いやぁっ！』

リリィは思わず悲鳴を上げ、ガバッと立ち上がると素早く身を翻した。

そのまま、こけつまろびつ逃げ出す。

『あっ……！　ま、待て！　レティーツィア姫！』

黒の王子さまが叫ぶ。

『いけない！　そっちは！』

その瞬間、足元が崩れる。

『ッ……!?』

悲鳴を上げる暇もなかった。

そのまま、幼いリリィの小さな身体は投げ出された。

まるで絶望を映したかのような、闇の中へ。

『レティーツィア！』

『レティーツィア！』

最後に聞いたのは、二人の悲鳴だった。

黒い王子さま——レオンと、リリィの父。敵対する両国の王の——。


—＊◇＊—


「……ん……」

ふと、意識が浮上する。リリィはゆっくりと目を開けた。

ぼんやりと霞む視界に映ったのは、見慣れない天井。

（ここ、何処……？）

リリィはぼうっとしたまま視線を巡らせ——しかし、カウチソファーに掛けられた青のマントを目にした瞬間、ガバッと身を起こした。

「え……?」

リリィが寝かされていたのは、白いシーツが眩《まぶ》しい大きめのダブルベッド。

「ここ、は……?」

あらためて部屋の中を見回すも——リリィには全く見覚えがない場所だった。

室内には、カウチソファーとシングルソファー。オーク材のテーブル。ベッドの脇《わき》にはステンドグラスがはめ込まれた木製のパーテーションと、小さなベッドサイドチェスト。入り口の方には装飾が少ない猫足のキャビネット。

それだけで、ほぼいっぱい。

豪華とは言い難いが、しかし粗末でもない——そんな部屋だった。

「ここ、何処……?」

シェスカの常宿だろうか? だとしたら、あのマントは?

額に手を当てて考え込んだ——その時、コツコツと足音が響く。

「ッ……!」

ギクリとする。ざぁっと一気に血の気が引く。リリィは戦慄《わなな》き、身を震わせた。

しかし、足音は無情にもドアの前で止まり、ノックもなくそれは開かれてしまった。

「……！　やぁ、気がつきましたか」

「ッ……！」

姿を現したのは、腰まである濃紺の髪にサファイヤの如《ごと》き青い目をした男だった。

歳《とし》は、レオンと変わらなかったはずだ。

豪奢《ごうしゃ》なフロックコートに上質なレースのジャボ。大きなスターサファイヤのブローチ。

不必要に己を飾り立てたその姿は、確かに五年分歳を取っていたけれど――あのころと何も変わっていない。

「……ディミトリ・スタファノス……さま……」

キュアノエイデス第三王子――ディミトリ・スタファノス・ティス・ルマニアス。

震える声で名前を呼ぶと、ディミトリがニィッと唇の端を持ち上げる。

「――驚きましたよ」

ディミトリがそう言って、テーブルに近づき、その上に置かれてあったワインボトルを手に取る。

「まさか、レティーツィア皇女が、こんなところにいるとはね」

まるで血のような深紅の液体が、グラスに注がれる。

リリィはそれを見つめたまま、唇を噛み締めた。

シュトラール王国は第五皇女、レティーツィア・ヴァン・ゴルトシュミット。

そう――。それこそが、本来のリリィだ。

（……そうだわ。私は……）

シーツを固く握り締める。

まだ思い出せないことも、わからないこともたくさんある。整合性が取れていない――

リリィの中ではつじつまのあわない不可解なこともだ。

けれど――思い出した。

あの忌まわしいできごとを、はっきりと。

全身がブルブルと震える。

恐怖と嫌悪で言葉を発することができないリリィの視線の先で、ディミトリはグラスを鼻の前で揺らして、白々しく言う。

「あの日以来、あなたは行方不明になってしまったから。姉上はとても心を痛めておいでだったよ。五年経《た》った今も、時折涙を流している」

「っ……！　あなたが、それを言うの⁉」

カッとして、思わず叫ぶ。

「誰のせいだと！」

「ええ。本当にね」

ディミトリがワインを飲み干し、再び下卑た笑いを浮かべる。

「惜しいことをしたと思っていましたよ。味わう機会を失ってしまった。子供と思って侮ってしまった。もっと確実な方法を取るべきだったと」

「ッ……！」

ひどい不快感とともに、激しい怒りが一気に背中を駆け上がる。リリィはブルッと身を震わせた。

ゾッとする。

まだ、そんなことを言うのか。この男は。何処まで腐っているのか。

「あなたと、いう人は……！」

五年前――。この男と姉――第二皇女はアンネリーゼとの婚約を祝うパーティー。輿入《こしい》れの際は、シュトラールは送り出す側だ。各国の賓客を招き、国を上げての盛大な祝いはキュアノエイデスで行われることになる。

そのため、婚約の祝いはシュトラールで。それは父のはからいだったと聞いている。

国中が、大国の王子とアンネリーゼの婚約を祝福した。

一週間――国は沸きに沸いた。

国は眠らず、アンネリーゼの幸せを寿《ことほ》ぎ続けた。

「……ッ……！」

汚らわしい記憶に、全身が総毛立つようだった。リリィは奥歯を噛み締め、自身を強く抱き締めた。

そう――。その席で、この男はわずか十三歳のリリィに手を伸ばしたのだ。

賑やかな声が届く庭園で、リリィを――いやレティーツィアをつかみ上げた。

そして、この男は、平然と言ったのだ。

自分が望んだのは、レティーツィアだったのにと。

欲しかったのは、第二皇女ではなかったのだと。何故、アレなのか――。母親の身分が高いか知らないが、さして美しくもない女などいらなかった。

十三歳にして、既にシュトラールの真珠と称されるレティーツィアこそが欲しかった。

将来、間違いなく極上の女になるからと。

『大国キュアノエイデスとの強固な繋がりを作ることは、小国シュトラールがこれからも存続してゆくためには必須《ひっす》と言ってもいい。この婚約はね？　君の父上の悲願なんだよ。この国のため、絶対に成立させなくてはならないもの。どういうことかわかるかな？』

レティーツィアを物か何かのように手にぶら下げて、この男は言った。

『君は、私の機嫌を損ねてはいけないということだよ』

息を呑んだレティーツィアに、この男は身の毛もよだつ計画を口にした。

『父上のために、お姉さんのために、そして国のために、すべての民のために、君は私のもとに来るんだ。ああ、心配しなくていい。君はただ大人しくしているだけでいいから。

誰にも見咎《みとが》められることなく、秘密裏に攫《さら》ってあげる。美しい離宮を用意してあげよう。そこで大事に飼ってあげる。ああ、楽しみだね。君は必ず極上の女になる』

卑劣な脅しとともに。

『君は私のものになるんだ。私のもとで暮らすんだ。それだけで、この国は安泰だ。君の父上も、君の国の民も幸せになれる。君もだよ。大人しくしていれば、大事に大事にしてあげよう。どんな願いでも叶えてあげるよ』

そして、嗤《わら》った。

非道にも。下劣にも。

『君のお姉さんもだ。君が手に入るのであれば、妃は彼女で我慢してあげるよ』と――。

すんでのところで逃げ出せたのは、もはや奇跡としか言いようがない。

だが――レティーツィアはパーティーの席には戻れなかった。捕まえられた時に暴れたせいで、酷《ひど》い格好になってしまっていたからだ。見咎められれば、騒ぎになってしまう。

そうしたら――この男が言ったとおりになってしまうのではないか。

お父さまの夢が絶たれてしまう。

国が大変なことになってしまう。

お姉さまが不幸になってしまう。

それは避けなくてはならなかった。

けれど、もちろん汚されるのは絶対にいやだった。

そうして――レティーツィアは逃げたのだ。誰にも見つからないようにと、必死に頭を絞って。奥森へと――。

しかしその誰も足を踏み入れないはずの奥森で、レティーツィアはレオンと出逢《であ》った。

アエテルタニスとシュトラールは国交断絶中だ。当然、キュアノエイデスの第三王子とシュトラールの第二皇女の婚約パーティーに招待されているはずもない。

どうしてレオンがあそこにいたのかは謎《なぞ》だけれど、とにかくレティーツィアはレオンを婚約パーティーの招待客だと勘違いしてしまった。

見つかってしまった。見られてしまった。どうしよう。

騒ぎを起こすわけにはいかない。

慌てて逃げ出そうと思った矢先に父の声を耳にして、レティーツィアは一気にパニックを起こしてしまった。

周りを、足元を確認することなく駈《か》け出して――おそらくは崖《がけ》から転落したのだ。

そして、すべての記憶を失ってしまった。

「……ッ……」

奥歯を噛み締めすぎて、口の中に鉄の味が広がる。

すべては、この男の卑劣な所業からはじまっていたのだ。

「――美しくなったね。レティーツィア」

「ッ……！」

ねっとりと絡みつくような声に、冷たいものが背筋を駆け上がる。

レティーツィアはブルリと身を震わせ、胸元を掻き合わせた。

「まさか、君が生きていたとはね。口には出さないけれど、皆は内心諦《あきら》めていたんだよ。なにせ、五年だからね」

そんなレティーツィアを見つめてうすら笑いを浮かべ、ディミトリがゆっくりと近づいてくる。

「あ……！」

一歩ごとに、恐怖がレティーツィアの精神を侵食してゆく。

逃げなくては。そう思うけれど、恐怖に強張《こわば》った身体は上手《うま》く動いてくれない。

ガクガクと、ただ震えることしかできない。

「でも、私にとっては好都合だ。所在不明の者を攫ったところで誰も気づかないからね。ようやく、君を手に入れられる。君のために美しい牢獄《ろうごく》を用意するよ」

そんなレティーツィアをまるで嬲《なぶ》るかのように、ディミトリは殊更にゆっくりと近づいてくる。

「……な、何を……牢獄……？」

「そう——。君は私の愛玩動物となるんだ。ああ、心配しないで。大事にしてあげるよ。うんと贅沢《ぜいたく》させてあげよう。そう言ったろう？　あの時も。なんでも叶えてあげると」

「ッ……！」

美しい牢獄。

そこで飼われる、愛玩動物——。

言葉の上では、レオンのもとでの五年間の暮らしもそれと同じだ。

（でも、違う——！）

レティーツィアは奥歯を噛み締めたまま、顔を歪《ゆが》めた。

レティーツィア——いや、ここはあえてリリィと言おう。リリィ自身、自分をレオンの愛玩動物だと思っていた。そして、今もそう思っている。

愛玩動物と呼んで差し支えないほど、愛されてきた。守られてきた。

美しい、あの箱庭で——。

「……っ……！」

ずくんと、胸が痛む。レティーツィアは震える手で胸元を押さえた。

ああ、そうだ。だからこそ、禁を破って離宮を抜け出したのだ。

愛してくれるのは嬉しい。守ってくれるのも。

でも、正体不明の自分は何処まで行っても、レオンのお荷物でしかなくて。

それが、嫌だった。つらかった。苦しかった。

だからこそ、自分を取り戻したかった。

守られ、愛されているだけの存在から脱却したくて――。

「ッ……！」

奥歯を噛み締める。

なんでもいい――レオンを幸せにできる存在になりたかった。

（ああ、レオン……！）

今ならわかる。

離宮は――あの箱庭は、牢獄なんかじゃなかった。

決してレティーツィアを外に出さなかったのは、そして離宮への人の出入りを厳選していたのは、独占欲からではなく、本当にレティーツィアを守るためだったのだ。

すべてのものから、レティーツィアを守るため。

何故なら、レティーツィアは自分の身に起きたことを誰にも言えないまま記憶を失ってしまったから。

レオンが知ることができたのは、ただ一つ。レティーツィアがその身をボロボロにして何かから逃げていたこと。ただ、それだけ。

何が起きたのかわからないからこそ、すべてのものから遠ざけるしかレティーツィアを守る術《すべ》がなかったのだ。

身元は最初からわかっていたけれど、レティーツィアに伝えることをしなかったのも、おそらく同じだ。ただ――レティーツィアを守るため。きっと、記憶を戻してよいものかレオンは迷っていたのだろう。

忘れたままの方が幸せなのかもしれない。

それほど忌まわしいことが、レティーツィアの身に起きていたのかもしれない。

それがわからないうちは、とにかく記憶を刺激しないようにしようと――。

「っ……！」

強い日差しにも、冷たい雨にも、乾いた風にも当てず、柔らかな真綿でくるむように、守ってくれていた。

そして、愛して、愛して、愛してくれていた。

記憶がない不安や恐怖が薄れるほど、幸せだった。

（ああ、レオン……！　レオン……！）

熱いものが胸を突き上げて、涙が溢れそうになってしまう。

レティーツィアはキツく唇を嚙み締めた。

心の底からリリィを――レティーツィアを愛してくれていた。大切にしてくれていた。

そして、守ってくれていた。

それは決して、一時的な気まぐれではなかった。

ディミトリとは違う。

彼が望み、口にしているソレと、行為自体は同じ『囲う』でも、全く違う。

いやらしい欲望を満足させるためじゃない。

子供じみた独占欲からでもない。

そもそも、自分のためではない。

すべては、レティーツィアのため。

レティーツィアを守るためだけに用意された、箱庭だった。

ようやく、レオンの愛の深さを理解する。

（レオン……！）

どれだけ大事に、大事に、守られていたかを。

ああ、レオンの元に戻らなくては。

自分が生きる場所は、レオンの隣以外にない。

「君の顔を覚えていた兵士には、褒美《ほうび》を取らせなくてはね」

ディミトリがくつくつ笑いながら、レティーツィアの髪をつかむ。

「いや、逆に口を封じるべきかな？　君がここにいることを知っている者がいては何かと不都合があるよねぇ？」

「ッ……！　あなたは……！」

ギッとにらみつけると、ディミトリが楽しげに顔を輝かせる。

「ああ、いいね！　流石《さすが》はシュトラールの真珠だ！　怒った顔も美しいよ！」

そして、そのまま物凄い力で髪の毛を引っ張り、レティーツィアの身体をシーツの上に引き倒した。

「きゃあっ！」

「泣き顔は、もっと美しいに違いない！」

ディミトリが大声で言って、レティーツィアの身体を押さえつける。

「いやっ！　やめてっ！」

「初物だと嬉しいのだけれど――それはないだろうねぇ？　もう十八歳だっけ？　十九歳だっけ？　流石に男が放っておかないだろう。ああ、惜しい。それもいただきたかった。まあ、君ほど美しければ淫婦《いんぷ》でもいいんだけれどね？　それはそれで美味《おい》しそうだ」

下種《げす》なことを平気で口にして、ディミトリが凶暴な笑みを浮かべる。

「本当に、君のお姉さんときたら、美しくもなければ、気位ばかり高くて面白みもない。だけど、これでようやくこの結婚に旨味《うまみ》が見出《みいだ》せそうだよ。妻の知らないところで、妻の美しい妹を飼う――。考えただけでゾクゾクするね」

ディミトリがそう言って、レティーツィアのドレスのホックを引きちぎるように外す。

「――ッ！　やっ……！」

「ああ、綺麗だ……。素晴らしい……」

うっとりと呟《つぶや》いて、ディミトリがレティーーツィアの首筋に鼻を擦《こす》りつける。

「っ……！　いやぁっ！　やめて！」

「好きに叫びなさい。どうせ、誰も来ない。……ああ、いい香りだ。たまらない……」

ディミトリが興奮し切った様子で、更にレティーーツィアの肌の匂いを嗅《か》ぐ。

恐怖と嫌悪に全身が総毛立つ。けれど、ディミトリは身体の全部を使い、体重をかけてレティーーツィアを押さえつけていて、身を捩《よじ》ることすらろくにできない。

（い、いや！　いや！　いやだ！　レオンっ……！）

悪夢が、再びレティーーツィアを襲う。

ブルブルと身体が震える。

ボロボロと涙が零れる。

怖くて、気持ち悪くて、とにかく怖くて、怖くて、怖くて。

「いやぁ！　レオン……！」

禁を破って飛び出してきておいて、都合がいいことはわかっている。

それでも、叫ばずにはいられなかった。

「レオン！　助けて！」

「レオン……？　それが君の男の名かな？」

ディミトリがレティーツィアの耳を噛んで、更にくつくつと笑う。

「ははっ。いいよ。存分に叫びたまえ。その方が面白いからね。でも無駄だよ。この宿は春の市の間、キュアノエイデス軍が借り上げているんだ。どういうことかわかるかい？」

ザラザラとした舌が、ねっとりとレティーツィアの耳をねぶる。

レティーツィアは悲鳴を上げた。

「っ……！　いやっ！　やめてっ！」

凄まじい嫌悪感に、胸を突き上げる吐き気。胃の腑《ふ》が焼けるようだった。

「いや！　いやぁっ！　離してっ！」

「この宿には、私に逆らう者はいないということだよ」

ディミトリが声を立てて笑って、レティーツィアの足をつかむ。

レティーツィアはギュッと目を瞑り、絶叫した。

「いやぁあああぁあっ！　レオンーッ！」

その、瞬間――。

それに応えるように、ドアの向こうが騒がしくなる。

たくさんの荒々しい足音。激しい物音。金属音に、様々な破壊音。更には怒声。罵声《ばせい》。

そして――それらはどんどん近づいてくる。

「っ……⁉　なに……⁉」

ディミトリが目を見開き、身体を起こす。

ほぼ同時に、ガアンっと凄まじい音とともに、ドアが蹴破《けやぶ》られる。

「ッ……⁉　な……！」

ギョッとした様子で、ディミトリが身を弾かせる。

「お、お前は……！」

「——へぇ？　『お前』呼ばわりとは」

漆黒のマントが翻る。

ドッと新たな涙が溢れた。

先ほどまでのそれとは違う——安堵《あんど》の涙が。

ああ、来てくれた！

「随分と偉くなったものだ。キュアノエイデスの第三王子如きが」

抜き身の剣をヒュンと振って露払いをし、それをディミトリへと向ける。

「あ、あ……レオン……！」

「っ……⁉　レオンだと⁉　まさか！」

レティーツィアの震える声に、ディミトリが愕然《がくぜん》とする。

「そ、そんなわけが！」

「――何故？　ディミトリ・スタファノス・ティス・ルマニアス。お前は仮にもキュアノエイデスの第三王子。私の顔と名前ぐらい知っているだろう？」

漆黒の王――レオンハルト・ヴィルヘルム三世が冷たく告げる。

ディミトリは顔面を蒼白《そうはく》にし、そのまま絶句した。

「――私の妃への狼藉《ろうぜき》、アエテルタニスへの宣戦布告と受け取ってよいか」

白刃が煌《きら》めく。

「さもなくば、その命で償ってもらおうか」

第五章

「ば、馬鹿《ばか》な……」

わなわなと身体を震わせ、ディミトリが喘《あえ》ぐ。

「そんな馬鹿な！」

驚愕《きょうがく》から——だろう。身体を押さえつけていたディミトリの手からみるみるうちに力が抜けてゆく。

レティーツィアはその手を振り払い、ズリズリとベッドの上を這《は》うようにしてなんとか距離を取ると、身を起こした。

「………」

まだ、ブルブルと全身が震えている。

いやな感触も、まだあちこちに残っている。

それでも、胸が熱くなる。

安堵《あんど》とともに、レオンへの想《おも》いが溢《あふ》れ出す。

「アエテルタニスとシュトラールは敵対国だぞ⁉　レティーツィアの男《レオン》がお前だと⁉　な、ならば、レティーツィアが五年間行方不明だったのは……！」

「――私のもとにいたからだ。当然だろう」

動揺し切ったディミトリの叫びに、レオンが一言端的に返す。

その『馬鹿か』と言わんばかりの態度に、ディミトリがカッと頬《ほお》を染め、更に叫ぶ。

「ふ、ふざけるな！　敵国の姫を攫《さら》うなど……正気か！」

「貴様に言われたくはないな。妃《きさき》の妹姫に手を出すなど、愚かで済む話ではないぞ」

ディミトリに剣の切っ先を向けたまま、レオンがゆっくりベッドへと近づいてくる。

「それに攫ったなどと、人聞きの悪い。私は何者かから逃げる途中に崖《がけ》から落ち、自分に関する一切の記憶を失ってしまった少女を保護しただけのこと」

「ッ……！　戯言《たわごと》を！　記憶を失ったなどと……！」

「悪いが、嘘《うそ》ではない」

レオンがきっぱりと言う。

「たくさんの者が、それを確認している。――なぁ？　商人」

「……！」

その言葉に、ディミトリがギクリと身を弾かせる。

同時に、レオンの背後でコツンと足音がする。

「っ……！　シェスカ！」

メイド——つい先日、メアリーとともに離宮で働き出した新人の彼女だ——に支えられ姿を現したのは、行商人のシェスカだった。

いや、かつてのレティーツィア付きの侍女の、と言うべきか。

彼女の右頬は真っ赤に腫《は》れ上がり、しきりにさすっている手首には縄の痕《あと》がくっきりと残っていた。何処《どこ》かに捕らえられていたのだろう。

「ああ、姫さま……！」

シェスカが今にも泣き出しそうに顔を歪《ゆが》める。

「申し訳……ございません……！」

「——全くだ。勝手なことを。リリィ——レティーツィアに何かあったら、シュトラール王になんて申し開きをするつもりだったんだ」

レオンが鋭く言う。

シェスカはビクッと身を震わせ、その場に平伏《ひれふ》した。

「本当に、申し訳ございません！　軽率でした！」

「ここのところシュトラール王のお加減が思わしくなく……なんとかしたい一心で先走りましたこと、本当にお詫《わ》び申し上げます！」

新人の彼女もまたその隣に膝《ひざ》をつき、深々と頭を下げる。

リリィは息を呑《の》み、レオンに視線を戻した。

「彼女は……？」

「――シュトラールから派遣されたメイドだよ。離宮では、定期的にメイドが私の怒りを買ってクビになっていたろう？　彼女も一年後、そうなる予定だった。そして、その足でシュトラールに戻り、一年間の君の様子を王に報告するんだ」

「……！」

リリィはびっくりして、再び新人の彼女を見つめた。

何か言おうとして――けれど言葉が見つからず、再びレオンを見る。

「もしかして、冬の市《ヒエムス》のことを教えてくれたメイドも？」

「……ああ！　ピエロが見たいとねだった時のアレだね？　そうだよ。彼女もだ」

「で、でも……髪が黒いわ……」

「髪は鉱物の染料で染めているんだよ。瞳《ひとみ》の色は変えられないから、元が比較的濃い色をしている者を選んでいる。常に必ず一人、君の傍《そば》にいたよ。――わかったか？」

最後の言葉は、茫然《ぼうぜん》として震えるディミトリに対して。

「レティーツィア姫が私のもとにいることは、シュトラール王もご存知のこと。いいか？　私は姫を攫ったんじゃない。お預かりしていたんだよ。貴様のような下種《げす》と、一緒にしてもらっては困るな」

「っ……！　ば、馬鹿な！　敵対国なのに……！」

「——敵対国だからと言って」

ヒタと剣をディミトリの首筋に押し当て、レオンが静かに言う。

「国のトップがただやみくもに反目しあっていては、何も生まれない。それは王たる者のするべきことではない。仮にも王子が、そんなこともわからないのか」

「っ……！　なんだと⁉」

「我がアエテルタニスとシュトラールは、長年の冷戦を終結させ、国交を正常化すべく、水面下でずっと交渉を続けてきた。わからないのか？　どれだけ憎い相手だろうと、剣を収めて同じテーブルにつく度量がなければ、平和など望むべくもないということだ」

漆黒の双眸《そうぼう》が鋭く煌《きら》めく。

レオンの全身を包んだ王たる威厳——そのビリビリとした威圧感に、ディミトリが顔を蒼白《そうはく》にする。

「王たる者、敵とこそ、腹を割り、膝をつきあわせて話すことができなければならない。国のために。民のために。未来のために！」

レオンが苛烈《かれつ》に叫び、ヒュンとディミトリの鼻先スレスレを一閃《いっせん》する。

ディミトリは悲鳴を上げて仰《の》け反《ぞ》り、そのままベッドから転がり落ちた。

「敵を明日の友としてこそ、王だろうが！」

「ッ……！」

ぶるりと、思わず震える。

（ああ……なんて……！）

偉大なる王――！

「……レ、レオン……」

震える声で呼ぶと、レオンは剣を収めながらレティーツィアを見、仕方がないなとでもいうように苦笑する。

「ッ……！」

ただそれだけで、息もつけぬほど胸が熱くなる。

「ああ……レオン……！」

「遅くなって、すまなかったね」

レオンが身を屈《かが》めて両手を差し出す。

リリィはその腕の中に飛び込むと、レオンの首にぎゅうっとしがみついた。

「あ、あ……！　レオン……っ！」

「さぁ、帰ろうか」

レオンの大きな手が、優しくレティーツィアの髪を撫《な》でる。

そしてその腕はレティーツィアを柔らかく包み込むと、フワリと軽く抱き上げた。

「さて──ディミトリ・スタファノス・ティス・ルマニアス」

無様に床に這いつくばったままの男を見下ろし、レオンが冷ややかに言う。

「ここでは切り捨てずにおいてやろう。アエテルタニスに代々伝わる宝剣に貴様のようなうすら汚い血を吸わせたくないのでね。せいぜい保身に尽力するがいい」

そしてそのまま、踵《きびす》を返した。

「ただし、二度と私のレティーツィアの前に、その身を晒《さら》すな。その時は容赦はしない。殺すだけでは足らぬと覚えておけ」


─＊◇＊─


日もすっかり落ちている上、離宮へと戻るのには時間がかかるということで、ひとまずロイヤル専用のホテルへ。

一番安値の部屋でも上級貴族以上の身分がなければ利用できず、最上級の部屋は王族がゲストを迎えるためだけに使用されるもので、王宮からの命令があってはじめてその扉は開かれるという。

王族のゲストと言っても、国としての賓客は、王宮の迎賓館にてもてなしを受ける。

つまりここは──それ以外の私的な客のために用意されている場所だ。

「姫さま……」

風呂《ふろ》で隅々まで身体を磨き上げられ、ゆったりとしたネグリジェとガウンを身に纏《まと》い、用意してあった美味《おい》しいレモネードを片手にようやく一息ついた時——部屋に控えていたシェスカがレティーツィアの前に膝を折る。

そして、「申し訳ございませんでした」と深々と頭を下げた。

「え……？　どうして？　連れ出してほしいと言ったのは私じゃない。シェスカはそれを叶《かな》えてくれただけでしょう？」

「いえ……。私はそもそも、アエテルタニス王の許可なく姫さまに接触した次第で……」

「えっ？　そうなの？」

「ええ、そうなのです……」

シェスカがしゅんと肩を落として、小さく頷《うなず》く。

「——本当に、勝手なことをしてくれたよ」

いつの間に戻ってきたのか——レオンが寝室の入り口に背を預けて、斜めにシェスカをにらみつける。

「レオン……」

「宿での騒動には、一通りカタをつけてきたよ。——全く。反省しているんだろうね？　シェスカ」

「姫さまの御身を危険に晒しましたことには、もちろん。ですが――陛下。陛下の方にも反省なさるべき点があると存じておりますが？」

シェスカもむぅっと顔を歪めて、レオンをにらみつける。

「よもや、婚姻を結ぶ前に姫さまにお手を出されるなど！　あまつさえ、国交の正常化が成る前に、そして姫さまの記憶も戻らぬうちに、姫さまを妃にすると公言なさるなど！　王にどう申し開きをなさるおつもりか！」

「――よく知ってるじゃないか」

バツが悪そうに顔を歪めて、レオンがため息をつく。

「お前、アエテルタニス国内にいたのか」

「……王のご不調について、なんとしてもお耳に入れなければと思い。それらをリザから聞いた時は、耳を疑いましたよ」

その言葉に、レオンが小さく舌打ちする。

リザ――。察するに、シュトラールから来たというあのメイドのことだろう。

「何故《なぜ》、断りもなくそのような真似《まね》を！」

「待て。それは謝る。だが、こっちにもいろいろあるんだよ。山のような縁談を断るのに私がどれだけ苦労していたと。あまつさえ、特殊な性癖を持っているのではないかとか、男性機能に問題があるのではないかとか、そんな疑いまで掛けられてはな……」

「はぁぁ⁉　それで姫さま……いえ、リリィさまの名を出してしまったと⁉」

「だから謝っているだろう。最初は売り言葉に買い言葉だったんだよ」

ほとほと困り果てたように、レオンが言う。

「なるほど？　その件に関しましては『つい、うっかり』だったとしましょう。ですが、騙《だま》されませんよ？　姫さまに触れたことに関しましてはどう申し開きを⁉」

「……そっちに関しては、そもそも言い訳するつもりがない」

レオンが何を言っているんだとばかりに眉《まゆ》を寄せ、肩をすくめる。

「愛しているからだ。それ以外にないだろう」

「っ……！」

かぁっと頬が熱くなる。

けれど、違う意味でシェスカも顔を真っ赤にする。

「んまぁ！　ぬけぬけと！　陛下！　愛しておられるならばなおさら、そういったことはお輿《こし》入れまでお待ちするのが！　お守りするのが筋なのではございませんか⁉」

「──同意の上だ。問題ない」

「陛下っ！」

ツンとそっぽを向いたレオンに、シェスカが嚙《か》みつかんばかりに叫ぶ。

それがなんだかおかしくて、レティーツィアはクスッと笑った。

「……！」

それが呼び水となり、恐怖や嫌悪、緊張、更には怒りや悲しみなどに固く強張《こわば》っていた心がゆっくりと解けてゆく。

そして――緩んだからこそ、溢れるものもある。

ポロポロと零《こぼ》れる涙を隠すように、レティーツィアは両手で顔を覆った。

「……ふ、ぅ……」

「…………」

レオンがシッシとシェスカに手を振り、ベッドに座るレティーツィアに近づく。

シェスカは無言のまま立ち上がり、レオンがレティーツィアの隣に座り、その細い肩を抱き締めるのを確認して、そっとドアを閉めた。

「……リリィ。いや――レティと呼ぶべきかな？」

レオンがレティーツィアの髪を優しく撫で、穏やかに言う。

レティ――。懐かしい響きにトクンと心臓が跳ねる。ああ、そうだった。そう呼ばれていたのだった。

レティーツィアはレオンの逞《たくま》しい胸に顔を埋めて、コクンと小さく頷いた。

「……怖かったね。そしてつらかったね。レティ。もう大丈夫だよ」

「ッ……！　レオン……」

「――シェスカが、隣の部屋ですべて聞いていたよ。それで、君の身に何が起きたのかがようやくわかった。本当に――怖かったね」

「っ……！　ふ、ぅ……う……」

涙が次々と溢れて、レオンの衣装に吸いこまれてゆく。

レティーツィアはレオンの背中に手を回し、しっかりとしがみついた。

「わ、私……脅されて。騒ぎを起こしたら、この婚約が駄目になってしまう。お姉さまの幸せが失われてしまう。お父さまの悲願が潰《つい》えてしまう。国が、キュアノエイデスという大きな後ろ盾をなくしてしまうって……。だ、だから……」

「――奥森に逃げたんだね？　あの森は、王すらみだりに立ち入れない場所だから」

レオンの優しい声に、コクコクと頷く。

「だ、誰にも、見つかりたくなかったの。騒ぎになったら……困るから。も、もちろん、あの人にも、絶対に……捕まりたくなかった。だ、だから、私……」

「だから、逃げたんだね？　シュトラール王の――お父さんの声が聞こえた時に」

「っ……！　そ、そう……！　私、守りたくて……」

父を、姉を、大好きなシュトラールを、ただ守りたかった。

そのためには、どうしても自分の身に起きたことを知られるわけにはいかなかった。

「だから、私……！」

「そうだね。そして――君は崖から転落してしまった」

レオンがポンポンと優しくレティーツィアの頭を叩《たた》いて、囁《ささや》く。

「だけど、君は見事に守ったんだよ。君が父王に助けを求めず、それどころか逃げようとしたからこそ、私たちは君が騒ぎを起こすまいとしていたと気づいたんだ」

レオンが、「君の意思は、君の父王にも私にも、ちゃんと伝わっていたよ」と言う。

その言葉に、また涙が零れる。

「わ、私……」

「……あの男にも言ったとおり、私はずっと君の父王と水面下で交渉を続けていたんだ。両国の国交を正常化すべくね。シュトラールにとって、大国キュアノエイデスとの同盟は国を存続させ続ける上で、とても重要なものだった。君も聞いたとおりね」

レオンがレティーツィアの頭を抱き寄せ、まるであやすように、その髪にくちづける。

「けれど、大国と密な同盟を結ぶということは、敵国からしたら危機感を覚えることでもある。……わかるかい？」

「え……？　ええと……その……戦況を大きく変えるためのそれじゃないかって、疑ってしまう……ということ？」

小さくしゃくりあげながら言うと、レオンが「そう」と頷いて、レティーツィアの頭を優しく撫でた。

「不可侵条約を破棄し、再び戦争を起こす気なのかもしれない。一気に決着をつけようとしているのかもしれない。国を預かる者としては、最大限に警戒しなくてはならない——それほどのことだ。だからこそ、私はあの日、婚約の祝賀に——シュトラールに秘密裏に招かれていたんだよ」

「え……？」

思いがけない言葉に、思わず顔を上げる。

「招かれ、て……？」

「——そう。キュアノエイデスとの同盟は、国を豊かにするため。民を潤すためのもの。再び戦争をするため、戦争を有利に進めるためのものでは決してない。二心ない証として君の父王は、私を国を挙げての祝賀に招待してくださったんだよ」

「お父さま……が……」

「繰り返すけれど秘密裏に——だから、国を挙げてのお祭り騒ぎを遠くから見ていただけだけどね。ああ、でも、心のこもった、趣向を凝らしたもてなしをしていただいたよ」

「それで……お父さまと、奥森で……？」

レティーツィアの問いに、レオンが首を縦に振る。

「そう。あの森——奥森は王すらみだりに踏み入ることができない場所だ。密談するにはもってこいだろう？」

「翌朝、私は国を発つ予定だったから。わざわざ語らいの場を設けてくださったんだよ。祝賀に招いてくださったお礼と、国交正常化を目指して今後も努力を続けてゆくつもりであることを伝えるために、足を運んだんだ」

「……！　それで……」

レオンが目を細め、「ああ。そして、君を見つけたんだよ」と言う。

「あの時点では、君の身に何が起きたのか──私たちにはわからなかった。だからこそ、君の意思に反するのは危険だと判断した。だから騒ぎにすることなく、私が滞在していた君の母上の私邸に、一旦《いったん》君を保護したんだ」

「……！　お母さまの？」

目を見開くと、レオンが優しく微笑《ほほえ》んで頷いた。

「そう。君がうんと幼い頃に亡くなった、君のお母さまのだ。隠れるにはいい場所にあるんだよ。とても美しい泉の畔《ほとり》にある。いつか──連れてってあげよう」

長くて綺麗《きれい》な指が、レティーツィアの涙をそっと拭《ぬぐ》う。

「そこで適切な治療を施し、君の目覚めを待って、事情を聞く予定だったんだ。父王から逃げようとしたぐらいだ。間違いなく君は、家族には知られまいとするだろう。だけど、面識のない私にになら話してくれるかもしれない。君の父王も私も、そう考えたんだ」

「密談……」

レオンが言葉を切り、天井を見上げて――――表情を曇らせる。

胸内に苦いものが広がる。レティーツィアはレオンを見つめたまま顔を歪めた。

「でも、私は……記憶を失ってしまっていた……」

「――そう。何もわからず、怯《おび》え、不安定な君を、城に戻すのは危険だった。何故なら、君の父王も私も、君の身に何があったかを一切把握できなかったからだ。私はどうするか考えて――君をお守りさせてくださいと、君の父王にお願いしたんだ」

「……！　レオンが……？」

父王が、レオンに頼んだのではなく？

「どうして……？」

反射的に、口をつく。

レオンはリリィに視線を戻すと、ひどく愛《いと》しげに目を細めた。

「もちろん、好きだと思ったから」

「えっ……⁉」

意外な言葉に、驚く。

ポカンと口を開けたリリィに、レオンがクスッと悪戯《いたずら》っぽく笑った。

「と言うと、語弊があるかな？　当時はまだ自覚していなかったから。でも今考えると、その時にはもう既に君に惹《ひ》かれていたんだと思う」

「だ、だって……私、まだ……」

「――そう。十三歳の子供だった。子供なのに、君は身を挺《てい》して何かを、誰かを守ろうとしていたんだ。あの森は、とてもじゃないけれど幼い女の子が入れるところじゃない。立ち入りが禁じられているとか、奥森だとか、そういうことじゃない。人の手がほとんど入っていない原生林。昼間でも太陽の光が届かず、真っ暗なんだ。大の大人ですら怯《ひる》む。そこに――子供が。しかも夜に。君の姿を見つけた時は、幻か何かだと思ったほどだよ。あんな場所に入ってくる子供がいるなんて――到底信じられるものじゃなかった」

レオンの大きな手が、レティーツィアの頬を優しく包む。

「何かがあったのは確実だった。ひどく怖い思いをしたはずだ。それなのに――まだ君は誰かのために、何かを守るために、あの森のあんな奥まで入ってきたんだよ。おそらくは罰せられるのも覚悟して」

「……！　それは……」

「凄《すご》いと思った。なんて子だって思ったよ。同時に――守ってあげたいと痛烈に思った。何者からも、守ってあげたい。二度とこんな思いをさせたくないって」

「レオン……」

そのまま、優しく仰向かされる。

濡《ぬ》れた乱れ髪が降りかかる額に、レオンの唇がそっと押し当てられた。

「すべてのものから、君を守ってみせよう。そして、記憶が戻っても戻らなくても、君を誰より幸せにしてみせよう。そう思って――君の父王に願い出たんだよ。ああ、もちろん君の父王は最初、凄く渋ったよ。水面下で何度も会って、個人的にはかなりの信頼関係を築けていたけれど、それでもやっぱり両国は敵対関係にあるからね。可愛《かわい》い愛娘《まなむすめ》を人質にとられるような気分だったんだと思う。でも――君を城に戻すのは危険だと君の父王もわかっていた。だから、常にシュトラールからの監視役を私の傍に置くことや、そのほかこまごました条件と制限をつけた上で、それを承諾したんだ」

「……ッ……！　そうして五年間、私は守られてきたのね……？」

様々な想いが込み上げてくる。レティーツィアは身を震わせ、そっとレオンの頬に手を伸ばした。

「ずっと、ずっと、守ってくれていたのね……？　レオン……」

「……私自身が我慢できずに、君に触れてしまったんだけれどね」

その言葉に、思わず唇を綻《ほころ》ばせる。

「でも、それは責任を取ってくれるのでしょう？」

「もちろん――一生をかけて」

レオンもまた微笑み、レティーツィアの唇に触れるだけのキスを落とす。

それはとても優しく、温かく、砂糖菓子のように甘く――レティーツィアを酔わす。

レティーツィアはうっとりと目を閉じて——しかしふとあることに気づいて、レオンの唇に人差し指を当てた。

「……待って？　だったらどうしてシュトラールのことを知ろうとした時に、あんなにも怒ったの？」

その問いに、レオンは「ああ……」と苦虫を噛み潰《つぶ》したような表情を浮かべた。

「あれは、半分以上は勝手なことをしてくれたシェスカに怒っていたんだけれどね？」

「……！　あ……」

そういえば、明後日《あさって》の方向を見つめて、苦々しげに言っていた。

『……全く。勝手なことをしてくれた』と——。

「行商人がシェスカだとわかっていたの？」

「……門番が話した行商人の特徴が、シェスカそのものだったからね。無断で入り込んだ挙げ句に好き勝手引《ひ》っ掻《か》き回していったんだ。おまけに、そのせいでレティが私に不審を抱いてしまった。これで怒らないわけがないだろう？」

「……それは……」

「まぁ、シェスカの方にも言い分はあるのだろうけれどね……？　私が我慢できずに君を自分のものにしたこととか、妃を迎えろとうるさい臣下たちに、うっかり『リリィ以外を妻にする気はない』と言ってしまって、ちょっとした騒ぎを起こしてしまったこととか」

レオンが小さくため息をつく。

「確かに、君の父王に無断でやってしまったことだし、いろいろと順番を間違えている。何よりも、君のことが心配だったんだと思う。いてもたってもいられなかったんだろう。アレは、君に忠実な侍女だったから」

そう言って顔を歪め、レティーツィアを強く抱き締める。

「今は、終戦とシュトラールとの国交正常化のため、水面下で緻密《ちみつ》な根回しを行っている最中なんだ。あと少し。あと少し。それを成し遂げることができたら――君に君の身元を話そうと思っていた。それを突然引っ掻き回された挙げ句――君は私に不審の目を向けた。なんと言うか……焦ったんだよ」

逞しいその腕に、更なる力がこもる。

「今すべてを知ったら、記憶が戻ったら、君は離れていってしまうかもしれない。敵国の王である私のもとにはいられないと言い出すかもしれない。笑ってくれていいよ。レティ。私はね、怖かったんだ」

レオンの声が震える。

ドクッと心臓が大きな音を立てた。

「君にはもう少しだけ、籠《かご》の鳥でいてほしかったんだ。堂々と君に求婚できる立場を手に入れるまで。力ずくでもいい。君を……傍に置いておきたかったんだ……」

「っ……！　謝《よじ》ることなんて！」

「ごめん……。レティ」

「レオン……」

腕の中で身を捩《よじ》り、手を伸ばしてレオンの両頬を包む。

（ああ、私だけじゃなかったんだわ……）

不安だったのは、自分だけじゃなかった。

レティーツィアは自分のことが何一つわからず、だからこそ自分の未来も何も思い描くことができなかった。

レオンはレオンで、レティーツィアの身に何が起こったのか全くわからなかったから、レティーツィアに関することは常に手探りの状態だったのだ。

これは、レティーツィアの身を危険に晒してしまわないだろうか。

これは、レティーツィアの記憶を――トラウマを刺激してしまわないだろうか。

記憶が戻ったら、記憶を失っていた間の記憶を更に失うこともあると聞く。

だったら、記憶が戻っても、変わらず自分を愛してくれるだろうか。

記憶が戻っても、変わらず自分の傍にいてくれるだろうか。

そんな不安を、ずっと抱えていたのだ。

たった一人で――！

（ああ、レオン……！）
想いが溢れて、溢れて——震える。
最善を尽くしてくれた。
力の限り守ってくれた。
そして——心の底から愛してくれた。
これ以上のことがあるだろうか。
（今度は……私の番だわ……！）
自分はもう、正体不明の不審者ではない。
シュトラール王国は第五皇女、レティーツィア・ヴァン・ゴルトシュミット。
レティーツィアは自分を取り戻した。
もう、守られ、可愛がられているだけの愛玩動物《ペット》ではない。
レオンのために、自分にできる最善を尽くそう。
レオンを力の限り支えてゆこう。
そして——心の底から愛し抜こう。
ともに歩んでゆこう。
二人の愛が、アエテルタニスとシュトラール。両国の平和の礎《いしずえ》となるように。
「レオン……！　愛しているわ……！」

「っ……！　レティ……！」

「あ、愛しているわ……。レオン……。愛している……！」

伝えたいことは山ほどあるのに、上手《うま》く言葉にならない。

想いがとめどなく溢れて――溢れすぎて、胸が締めつけられて苦しい。

「愛しているの……」

ああ、どうして『愛している』以上の言葉がないのだろう？

到底、そんな一言で言い表せるような気持ちではないのに。

もどかしく思いながらも、それでも必死に言葉を紡ぐ。

「愛しているわ。レオン。あなたの……」

ああ、どうか。どうか。どうか。

この気持ちの一欠片《かけら》でもいい。伝わってほしくて――。

「あなたの、妻にして……！」

「ッ……！　レティーツィア……！」

「あなただけ……！」

記憶を失っていた時も、取り戻した今も、愛するのはレオンだけだ。

欲しいのは、レオンだけだ。

「愛しているわ……！　レオンっ……！」

「ッ……！　ああ、レティ……！」

全身を震わせながら愛を叫んだ、その刹那《せつな》。レオンが今にも泣き出しそうに顔を歪め、レティーツィアを引き寄せる。

そして――レオンの唇が、レティーツィアの声を奪う。

「……んっ……」

まるで何かに急《せ》かされるかのように慌ただしく、レオンの舌がレティーツィアの唇を、そして歯列を割り、奥へと入り込んでくる。

そのまま、唇の裏、上顎《うわあご》、頬の裏、歯列の裏と、口腔《こうこう》内のあらゆる場所を蹂躙《じゅうりん》される。

激しく舌を絡ませられ、吐息まで吸い尽くされ、喉《のど》の奥へと蜜《みつ》を流し込まれる。

「ン、んぅ……！　ん……」

その激しさに、すぐに息が上がってしまう。

それでも、レオンは離してくれない。それどころか、レティーツィアの身体をベッドに押し倒して、更に深くくちづけられる。

「……ん、ぅ……！　んっ……！」

まるで、レティーツィアを喰《く》らい尽くすかのようなくちづけ――。

「……ン……！　ン、ン……！」

「……愛しているよ。レティ。レティーツィア……」

レオンが吐息だけで囁く。私も、と答えることはできなかった。足りないとばかりに、再び喰らいつかれてしまったから。

「ン、ふ……ぁ……！　ン、ン……！」

唾液《だえき》を捏《こ》ねる淫《みだ》らな水音が、やけに耳につく。

それがレティーツィアの鼓動を速め、身体の温度を上げてゆく。

「……ぁふ……んっ……」

「ああ……愛している。レティ……」

「私、も……」

身体の奥の茹《ゆ》だるような熱に翻弄《ほんろう》されながら、言葉を返す。

心が、身体が、すべてが――愛しい、愛しいと叫んでいるかのようだった。

「は……ぁ、レオ……ン！　んぅ……ん……」

「ずっと、ずっと、君だけを……想ってきたんだ……」

「っ……！　レオン……」

貪《むさぼ》り合うようなくちづけに、両足の間が潤んでゆく。

レオンが愛しくて、愛しくて、だからこそ欲しくて――たまらなくなる。

溢れる自身の想いと欲望に煽《あお》られるかのように、はしたないほど下肢が濡れ――甘痒《あまがゆ》く疼《うず》き出す。

「ン、ぅ……！　ふ……ぁ、レオン……！」

飢え渇いてゆくようだった。レオンという存在に。

欲が、身体を、精神を、ひりつかせる。

キスだけでは到底足りなくて、満足できなくて、身体の奥でもっともっとと暴れ出す。

レオンが欲しくて、欲しくて、たまらない。

愛が、暴走する――。

「んっ……！」

レオンがガウンの紐《ひも》を解き、性急な様子でネグリジェをたくし上げる。

そしてレティーツィアの腰の下に手を入れ、わずかにその身体を持ち上げると、一気にそれを脱がす。

「あ……」

すっかり露《あらわ》になった白く艶《なま》めかしい肌に、レオンがごくりと息を呑む。

「ああ……綺麗だ……。レティ……」

「っ……あ……。レオン……」

熱のこもった呟《つぶや》きに、ゾクリと肌が震える。

レオンは、レティーツィアをまるで宝物を扱うかのようにそっとシーツに横たえると、その白くて柔らかな乳房を手で包み込んだ。

「ふ……ん……」

額に、眉間《みけん》に、目蓋《まぶた》に、目尻《めじり》に、頬に、優しいキスの雨。それだけで、息が上がるほど昂《たかぶ》ってしまう。

「レティ……」

「あ……ン……レオン……」

顎へ、喉元へ、首筋へ——。くすぐったさと甘い痺《しび》れがない交ぜになって、身体の芯《しん》を疼かせる。

その唇が、今度は耳へ。耳朶《じだ》に甘く歯を当て、襞《ひだ》を舌先でねっとりとなぞり、そのまま奥へと入り込んでくる。クチュリと淫靡《いんび》な水音が直接脳内へと響いて、レティーツィアはひくんと背を震わせた。

「は……ぁ、ンっ……！」

「……本当に、君は何処もかしこも愛らしく、美しい……」

うっとりと目を細めて、レオンが言う。

「手に入れたくて仕方なくなった気持ちだけは……まぁ、わかるな……」

「んっ……！　え……？」

一瞬なんのことかと思ったけれど、すぐにあの第三王子のことだと気づく。

レティーツィアはむぅっと眉を寄せ、レオンの髪を軽く引っ張った。

「……いやなことを、思い出させないで……。こんな時に……」

「ふふ。すまない。私も――君に魅了された一人だと言いたかったんだよ」

レティーツィアの耳元に額を擦《こす》りつけて、レオンがクスクスと笑う。

「これでも、せめて君が十八歳になるまでと……必死に我慢していたんだよ。まぁ、結局我慢し切れずに、その前に悪戯をはじめてしまったのだけれど」

「でも……優しかったわ……」

レオンの頭をそっと抱き、艶《つや》やかな漆黒の髪に指を絡める。

「優しく、優しく、愛してくれたわ……」

レティーツィアには――いや、リリィにはレオンだけだったから、触れてもらえるのが嬉《うれ》しくてたまらなかった。

でもそれは、決してリリィの弱みにつけ込んだ行為ではなかった。

どれだけ自分を大切に想ってくれているか――唇から、指先から、そのまなざしからも伝わってきたから。

だから、『怖い』とか、『嫌だ』とか、一度たりとて思ったことはない。

いつだって、溢れんばかりの愛と幸福を感じていた。

「この五年間……レオンに守られて、愛されて、『リリィ』は誰よりも幸せだったわ」

それだけは、自信を持って言える。

記憶を失ってよかったと思えてしまうほど、『リリィ』は幸せだった。

「そして、この先は『レティーツィア』が幸せになるの。レオンを愛して――愛されて、世界中の誰よりも」

「……！　レティ……」

「レオン……愛しているわ」

「っ……！」

唇が、再び出逢《であ》う。

そして、言葉よりもよほど饒舌《じょうぜつ》に、愛を語らう。

「んっ……ふ……」

大きな手が、白くて滑らかで艶めかしい――豊かな膨らみを揉《も》みしだく。その丘の頂の淡く色づいた突起を指先で弾き、押《お》し潰《つぶ》しながら。

「あ、ん……！　ふ、ぁ、あ……！」

唇を貪りながら更にそこを爪弾《つまび》き、引っ掻き、捏ね回し、擦り上げる。抓《つね》り、摘まみ、そのまま引っ張って、ジンジンしてきたところを優しく撫で擦る。

「あ……！　あ、あ！」

レオンの執拗《しつよう》な刺激に、それは固く尖《とが》り、色あいを濃くしてゆく。

「んっ……はぁ、ん……ン」

ぞくぞくと、甘い痺れが全身へと広がってゆく。

身体の内の炎は更に激しく燃え上がって、ひりつくような飢えが酷《ひど》くなってゆく。

（ああ……！　レオン……！）

理性などとうに蕩《とろ》けて、もうレオンのことしか考えられない。

（レオンが、欲しい……！）

はしたないほど胸を突き上げる欲に、震えてしまう。

「ン……ふぁ……あ……んっ……！」

下腹部が切なく疼いて、トロトロと淫らな蜜を溢れさせる。両足の間が濡れる感触に、レティーツィアは身を捩り、モジモジと膝を擦り合わせた。

「ふぅ……ん！　あ、ン……！」

レティーツィアの白い肌を味わうように、レオンの唇が這う。首筋、喉元、鎖骨と――そのまま徐々に下へ。時々思い出したかのように強く吸いつき、甘く歯を当てて、所有の赤い薔薇《ばら》を咲かせながら。

「あ、あ……！　レオン……！」

そして、豊かな胸に顔を埋めて更に強く吸いつく。柔らかさを楽しみながら、そこにも自分のものだという証《あかし》を刻んでゆく。

「レティーツィア……。私の、レティ……」

「ン……！　あ……レオ、ン……あ、ん！」

淫らに色づいた突起をちゅくんと吸われて、レティーツィアはビクンと腰を弾かせた。指で執拗に弄《いじ》られて敏感なそこを、今度は舌で虐《いじ》められる。

「あ、あ！　んっ……！　ふぁ、あ……んぅ……」

チュクチュクと口唇《こうしん》で扱《しご》かれ、舌先で転がされる。もう片方も指で捏ね回され、自然と腰が揺らめいてしまう。

「ふ、ぁ……！　レオ……ン……！　あ、んっ……！」

「ああ、レティ……。美しい……私のレティーツィア……」

「あ、あぁ、レオン……！　んっ……！」

「愛している……。レティ……」

「っ……！」

名前を呼ばれるだけで、身体が燃え上がる。

ずっと失くしていた——そして、ずっと呼ばれることもなかった名前。

ようやく取り戻した、自分の名前——。

嬉しくて、嬉しくて、ギュウッと胸が締めつけられて、愛の泉から蜜が溢れ出す。

と同時に、早く早くと、身体が焦《じ》れ出してしまう。

レオンが欲しくて、欲しくて、たまらなくて——。

「っ……！　レオンっ……！」

「ああ、レティーツィア……！」

おそらく、レオンも同じなのだろう。ひどく性急な様子で上着を脱ぎ捨てる。

露になった——匂《にお》い立つような雄の色香を纏う、見事な身体。隅々まで鍛え抜かれ、無駄なものが一切ない。

レティーツィアはうっとりと目を細め、その鋼のような筋肉に手を伸ばした。

「……ああ、レオン……」

国を、民を守るため、長年かけて作り上げられた身体だ。

なんて美しいのだろうと思う。

「レティーツィア……」

レオンが切なげに顔を歪めて、レティーツィアの足を割り開く。

覆《おお》い被《かぶ》さってきた熱い身体を、レティーツィアは力いっぱい抱き締めた。

「レオン……！」

愛している。

愛している。

どれほど言葉を尽くせば、身体を重ねれば、想いの丈《たけ》すべてを伝えられるだろう？

いや、そもそもそんなことは無理なのかもしれない。

何故なら、伝えるそばから新たな想いが生まれて、レティーツィアの中に降り積もってゆくのだから。

「んぅ、あ……！　あっ、あっ、ンンっ！」

レオンの長くてしなやかな指が、しとどに濡れた愛裂を這う。

花びらを、花芽を、くちゅくちゅと音を立てながら、撫で上げられ、撫で下ろされる。

甘い痺れが全身を駆け抜け、レティーツィアはビクビクと背中を弾かせた。

「あン……！　レオン……！　んっ……！」

「レティ……」

「あ、ああ！　ふぁ……あ、んっ！」

レティーツィアの蜜でヌルヌルになった指で、肉粒を嬲《なぶ》られる。ビリビリとした激しい快感が身体を貫く。レティーツィアは甘い嬌声《きょうせい》を上げ、艶めかしく身を捩った。

「ン！　あ、んんっ……！　レオン……！　ああっ……！」

「ああ、溢れて止まらないね。シーツまで滴って……」

「っ……！　や……言わないで……！　あ、ン！」

「どうして？　嬉しいと言っているんだよ？」

「っ……！　んんっ！　はぁん！」

指が、豊かな蜜を湛《たた》えた愛泉へと潜り込んでくる。

待ち侘《わ》びていた愉悦が、一気にレティーツィアを淫らに染め上げた。

「ふぁ、あ……！　あ……ンっ！　レオ……ン！」

「ああ、熱く震えて……」

根元まで深く埋め込んで、ゆるゆると指先を円を描くように動かす。

それだけで、クチュクチュと――耳を塞《ふさ》ぎたくなるほど卑猥《ひわい》な音が室内に響く。

「絡みついてくる……。素敵だよ。レティ」

「あ、ふぁ、あ……！　ン！　あぁ！」

その音はレティーツィアを更に昂らせ、内壁を切なく収縮させる。

まるで――欲しいのはこれではないと言っているかのようだった。

「あ、あ……！」

そんな自分の反応に凄《すさ》まじい羞恥《しゅうち》を感じながらも、それでも――思ってしまう。

足りない。

これでは、足りない。

もっと、もっと、欲しい。

「ン！　あ……！　ふぁ、あ……！　は……んんっ！」

ゆっくりと埋め込んだ指を抜いて、すぐさま再び奥を突く。グチュグチュと音を立てて内壁を押し拡《ひろ》げるように掻き回し、また抜く。そうして、また深く潜り込ませる。

「あ、あぁ……！　ン！　んあ、あっ……！」

繰り返し繰り返し――レティーツィアの中を穿《うが》ち、押し開いてゆく。

「あ、ふ……！　はぁ……んんっ！　ふぁ、あ！」

熱く蕩けた襞が、レオンの熱を欲して淫らにうねる。

切なさに、胸が焼けつく。込み上げる焦燥感と飢えに、苦しくてたまらなくなる。

欲しくて。欲しくて。おかしくなってしまいそうなほど、欲しくて。

「あ、あ……レオン……！　も、もう……！」

早く貫いて、揺すり立ててほしい。

『リリィ』ではなく『レティーツィア』も手に入れてしまってほしい。

余すところなく奪い尽くして、レオンでいっぱいにして、息もつけなくしてほしい。

しかしそのはしたない欲求を口に出すことは流石《さすが》にできなくて、顔を真っ赤にしたまま
「っ……！　レオン……。あ、あ……も……」

モゴモゴと同じ言葉を繰り返してしまう。

「も、もう……！　あ、あ……レオン……！　んっ！　わ、私……もう……！」

「……本当に、可愛いよ」

中指と人差し指を深々と蜜壺《みつつぼ》に埋め込んだまま、親指で肉粒を押し潰す。

「あ、あぁ！　あ！　レオン……っ！」

「ちゃんとおねだりができるまで虐めるのも悪くないのだけれど……ああ、でも、今宵《こよい》は私の方が我慢できない……かな」

レオンがレティーツィアの中から指を引き抜いて、目を細める。

雄の欲望に妖《あや》しく煌めく漆黒の双眸に、ゾクッと背中が震えた。

（あ、あ……なんて……）

レティーツィアの王は美しいのだろう。

その壮絶なまでの色香に、くらくらと眩暈《めまい》がしてしまう。

「あ……あ……レオン……」

私の、王――。

「愛しているよ。レティ……」

レオンが甘く囁いて、たっぷりと濡れそぼった愛裂に固く滾《たぎ》った欲望を押し当てる。

「っ……！　レオン……」

「君のすべては私のものだよ。五年前からずっとね。――愛しい、レティーツィア」

瞬間――。灼熱《しゃくねつ》が肉襞を掻きわけ、レティーツィアの最奥を穿つ。

「――ッ！　あ……あぁあぁあっ！」

激しい快感が、それを追うように大きな歓喜が、レティーツィアを一気に染め上げた。

「あ、あぁ、あ……！」

胸内が熱いもので満たされて、涙となってホロリと零れる。
レティーツィアは縋《すが》るようにレオンの身体にしがみついた。
（あ、あ……！　愛して、る……！）
愛している。
レオンのすべてを、愛している。
そして——愛してもらった。
自分のすべてを、愛してもらった。
『リリィ』であった時から変わらず、レオンの愛に満たされる。
リリィも、レティーツィアも
過去も、未来も
身も、心も、
レオンの愛に抱かれる——。
「あ、あ……あ……！　レオン……！　レオン……！」
「っ……！　いやらしく絡みついて……締めつけてくる……。本当に、君は……」
レオンが顔を歪め、腰を揺する。
脈動する灼熱の欲望が、ゆっくりとレティーツィアの中を行き来しはじめる。
「んんっ……！　ふぁ、あ……あ……！　レオ、ン……！」

「っ……！　レティ……」

愛に誘われるように、どちらからともなく顔を寄せあい、キスをする。深く舌を絡めて互いを貪り——味わう。

「ん、ン……！　んぅ……んっ！」

互いの蜜の甘さに酔《よ》い痴《し》れながら、更に深く。

吐息も何もかもを奪い尽くすようなキスに、脳が蕩けてゆく。

「ん、ふ……！　ん……！　んぅ！　んっ……！」

口の中を捏ね回されて、熱い蜜を奥へと注ぎ込まれる。

喉を鳴らしてそれを飲み込むたびに、艶めかしく蜜襞を引き攣《つ》らせてしまう。

「っ……！　搾《しぼ》り取られそうだ……」

切なげな囁きとともに、レティーツィアの中でレオンの雄が更に熱を孕《はら》んで脈動する。

それがまた、レティーツィアを昂らせ、追い詰めてゆく。

「あ、んっ……！　あ、あぁ！　レオン……！」

唇が解けたのと同時に、激しく揺すり立てられる。灼熱で強《した》かに内壁を擦り上げられ、レティーツィアはあられもない嬌声を上げた。

ビクンビクンと腰を弾かせ、艶めかしく身を捩ったレティーツィアを、しかしレオンは逃がさないとばかりに強くシーツに縫い止めて、更に激しく突き上げる。

「あぁ！　ン……！　や……激し……！　ぁあ！　んんっ……！」

「っ……！　レティっ……」

快感に掠《かす》れた声。乱れた吐息。切なげに歪んだ表情――。レティーツィアを抱き締める逞しい身体も、その腕も、熱い肌も――レティーツィアの中で更に滾る欲望も。レオンのすべてがレティーツィアを魅了する。

そして、翻弄される。

レオンのすべてに酔わされ、溺《おぼ》れてゆく。

「レティ……。私の、レティ……！」

「ふ、ン……あ……あぁ！　レオ、ン……！」

愛しくて、愛しくて、たまらない。

想いが溢れて、溢れすぎて――おかしくなってしまいそうだった。

「あぁあ、あ！　ンッ！　レオン……！　ああ、レオン……！」

心が、身体が、魂が――震える。

レオンにすべてを奪われる悦《よろこ》びに。

そして、レオンのすべてを手に入れた喜びに。

「あ、あ……！　愛して……る……！　レオン……！」

「っ……！　レティ……！　愛しているっ……！」

「っ……！　んぅ、あ！　レオン……っ！」

このまま一つに混じりあえたらいいのに。

身体が邪魔だと思ってしまう。もっともっとドロドロに溶け合いたい。

レオンの細胞の隅々にまで自分を浸透させたいし、自分にもそうしてほしい。

そうして、互いの愛で息もつけないほど満たされたいと――。

「あ、あ……！　レオン！　レオン……っ！」

「っ……！　レティ……！」

灼熱の楔《くさび》が最奥に叩きつけられる。感じる場所を激しく擦り立てられて、蠢動《しゅんどう》する襞が一層淫らにうねり、レオンの欲望に絡みつく。

「っ……！　くっ……！」

そのまま、猛然と揺すぶられて、あまりの喜悦に目の前が霞《かす》んでゆく。

「んっ！　あ、ぁあ！　ふぁ、あ！　はぁん！」

「レティっ……！　レティっ……！　私の、レティっ……！」

身も、心も、魂までも――すべてが愛に溶けてゆく。

再び自分を失ってしまうのではないかと思うほどの愉悦に蕩けてゆく。

「ふ……あぁあ！　レオン！　レオン！　あ、んっ……！　あ、あぁん！」

「っ……！　くっ……」

もう、言葉はなかった。
ただ何度も、何度も、心を尽くして——互いに想いを伝え合う。
二人の愛にも、国の行く末にも、もう一点の曇りも見られなかった。
強く結びついた愛が、平和に満ちた未来を紡いでゆく——。

終章

ひらひらと、祝福の花びらが降る。

城は、割れんばかりの歓声に包まれていた。

「……お母さま。いってまいります」

母の形見のロザリオを握り、祈る。離宮でシェスカから手渡された、あのロザリオだ。

「──お時間です。姫さま」

ドアの前で、シェスカが恭しく頭を下げる。

「姫さまの民が、お待ちですわ」

「──民ももちろんだけれど、誰よりも私が待っているんだけどな」

そのドアに背を預けて、レオンがクスッと笑う。

そして、数歩前に出ると、姿勢を正して手を差し出した。

「さぁ、お手を。レティーツィア姫」

「ッ……！　はい……！」

カツンと靴音を鳴らして、レオンの前へ。大きな手に、自分のそれを重ねる。

白に白を重ねた、美しいウエディングドレス。光り輝くようなレティーツィアの姿に、
レオンが満足げに微笑《ほほえ》む。

「ああ、綺麗《きれい》だ……。この国の正装は黒なのだけれど」

恭しく礼をし、レティーツィアの手にくちづける。

「君にはやはり白がいい」

そう言って、うっとりとレティーツィアを見つめて――しかし次の瞬間、何故《なぜ》だか顔を
しかめて、小さくため息をつく。

「――民に見せなきゃ駄目か？　誰にも見せたくないんだが」

「……当たり前です。祝賀ですよ？」

シェスカが呆《あき》れたように眉《まゆ》を寄せる。

「アエテルタニスとシュトラール――永きにわたる戦争の歴史に終止符を打ち、辿《たど》り着い
た世紀のウエディングですよ？　歴史的瞬間です。両国、すべての民が待っています」

シェスカが「子供のようなことを仰《おっしゃ》らないでくださいまし」と言う。

レオンはやれやれと肩をすくめ、レティーツィアだけに聞こえる声で呟《つぶや》いた。

「アレは、ミセス・鉛筆《プルンプム》並みにうるさいな……」

苦虫を噛《か》み潰《つぶ》したような表情に、思わずクスクス笑ってしまう。

「私は、見てもらいたいわ。レオンはこの私のものになりましたって」

「……！」

それは意外な言葉だったのか、レオンが少し驚いたように目を見開く。

「私が、君の？」

「──そう」

レティーツィアはレオンを見上げて、悪戯《いたずら》っぽく微笑んだ。

「私がレオンを幸せにしますって──皆に宣誓するのよ」

「君が、私を？　逆ではなく？」

「そうよ。逆ではなく。だって、民を幸せにするためには、誰よりも王さまが幸せでなくちゃ。不幸せな王さまが治める国が、豊かで美しいわけがない。そう思わない？」

「……！」

「王さまが傲慢《ごうまん》で残虐《ざんぎゃく》な独裁者でも、ズルくて気弱な傀儡《かいらい》でも、国は荒れ、民は苦しむ。それと同じだと思うの。王さまが孤独で不幸だったら、国が潤うわけがない。民が幸せになるわけがないって」

「……レティ……」

「だから私は、レオンを誰よりも幸せにしなくちゃいけないの」

レオンの国のため、愛する民のために。

レティーツィアはそっと目を閉じると、両手で胸を押さえた。

「ずっと……私では駄目だと思っていたの……」

でも、ようやく記憶を――そして自分を、取り戻すことができた。

父とも再会することができた。記憶よりも年老いた父に抱き締めてもらった時は、涙が止まらなかった。

姉姫も、あの第三王子と離縁し、国に戻ってきた。

父――シュトラール王とキュアノエイデス王の会談は秘密裏に行われたため、二国間でどのような取り決めが交わされたのか、レティーツィアは知らない。わかるのは、同盟はそのままで、婚姻だけが解消されたということ。

そして、戻ってきた姉姫が、とても晴れやかで幸せそうな笑顔でレティーツィアと父を抱き締めたということだけだ。

でも――それで充分。

自分を、家族を、そして家族の幸せを取り戻した。

もう憂いはない。

だからこそ、今、胸を張って言える。

「だけど今は、私でなくては駄目だと思っているわ」

レティーツィアはにっこり笑って、両手を広げた。

「私は『リリィ』でいる間、ろくに勉強をしてこなかったから、政治も何もかもこれから学ばなくちゃならないわ。レオンを支えるために。だけど——そんな世間知らずの私にも民のためにできることがある。それが、レオンを幸せにすることよ」

「……レティ……」

「そして、それは私にしかできないことだわ。そうでしょう？」

「——ああ」

レオンが頰《ほお》を染めて微笑んで、レティーツィアの腰を引き寄せる。

「そのとおりだ」

チュッと触れるだけのキスに——けれど、胸はひどく高鳴る。

「レティが私を幸せにしてくれるなら、私はこの国を楽園にしてみせよう」

漆黒の双眸《そうぼう》が、愛《いと》しげにレティーツィアを見つめる。

「そして——君を楽園で一番幸せな花嫁にする」

「……レオン……」

にっこり笑うと、レオンが再びレティーツィアの手を取る。

「じゃあ——行こうか」

そうして——二人、歩調を合わせて歩き出した。

未来に、向かって。

「私たちの国民に、私たちが誰よりも幸せだと、自慢しに行こう！」

あとがき

はじめまして。あるいは、お久しぶりです。北條三日月《ほうじょうみかづき》です。

このたびは『黒き覇王の寡黙な溺愛』をお手に取っていただき、本当にありがとうございます。楽しんでいただけましたでしょうか。

この先にはほんの少しネタバレがありますので、本編未読の方は、よろしければ本編をお読みになってから、あらためてお読みいただければありがたいです。


洋もので、完全架空世界のお話というのは、はじめてじゃないでしょうか。架空世界は中華ばかり書いていた気がします。

ドレスはめちゃくちゃ好きなんです。フリフリヒラヒラ最高。中世ヨーロッパのような絢爛豪華《けんらんごうか》な世界観は大好物です。

但《ただ》し、読む分には。

書くとなると、これがすこぶる難しい……。ドレスはもちろん、建築物でもなんでも、世界には素晴らしい物が溢《あふ》れ過ぎていて……。私めのチンケな文章力では、なかなかその美しさを正確に写し取ることができなくてですね……うう。精進せねば。

今回のレオンとレティーツィアの出逢《であ》いがそうなのですが、若く、才能に溢れ、更には目を瞠《みは》るほどの美貌、地位も名誉もなんでも持っている——天は何物《なんぶつ》を与えたのかという男が、年端もいかない小娘に憧れを抱くというシチュエーションが性癖です。

小さな身体《からだ》で——力も何もないのにもかかわらず、それでもボロボロになって、必死に父や姉や国を守ろうとしていたレティーツィアに心を打たれて、憧れ、守りたいと痛烈に思い、それがやがて恋へと姿を変えてゆく。

何者からも守りたいのに、大事に大事にしたいのに、そんな思いとは裏腹に、己の中の欲望は育ってゆく。押し倒して、暴いて、隅々まで征服して、手に入れてしまいたくて、たまらなくなってゆく。

レティーツィアを前に、必死に耐えていたレオンのことを思うと、『頑張ったね』と、肩を叩《たた》きたくなります（笑）

レオンではありませんが、私も芯が強い女性がとても好きです。強いからこそ、守ってあげたくなる。頑張り過ぎなほど頑張ってしまう女性こそ、抱き締めてあげたくなる。

ドロドロに甘やかして、愛して、幸せにしてあげたくなる。

可憐《かれん》だけど、それだけじゃない——。そんな女性たちを幸せにする物語を、これからも書いていけたらなぁと思っています。

イラストを描いてくださったのは、白崎小夜《しろさきさや》先生です。

担当様から連絡をいただいた時には変な声が出ました。だ、大好きなんです～！

ヒーローはゾクゾクするほど色香があって、かっこよく、ヒロインはドキドキするほど可憐で、清らかで、可愛《かわい》くて……。

鮮やかで、華やかで、キュンキュンするイラストが、本当に好きで！

ああ、生きててよかった……！

白崎先生。素晴らしいイラストを本当にありがとうございました！


それでは、謝意を。

担当様、編集部の皆様、デザイナー様、校閲様、営業様、この本を並べてくださる書店様も、本当にありがとうございます。

そして、支えてくれる家族と友人にも、心からの感謝を。

何より、この本を手に取ってくださった読者の皆様に、最大級の感謝を捧《ささ》げます。

それではまた、皆様にお目にかかれることを信じて。

北條三日月

『黒き覇王の寡黙な溺愛』、いかがでしたか？

北條《ほうじょう》三日月《みかづき》先生、イラストの白崎《しろさき》小夜《さや》先生への、みなさまのお便りをお待ちしております。

北條三日月先生のファンレターのあて先
〒112-8001　東京都文京区音羽2-12-21　講談社　文芸第三出版部「北條三日月先生」係

白崎小夜先生のファンレターのあて先
〒112-8001　東京都文京区音羽2-12-21　講談社　文芸第三出版部「白崎小夜先生」係

N.D.C.913　252p　15cm

北條三日月（ほうじょう・みかづき）

講談社X文庫

人外好きの人。寒さに弱く、花粉に弱い私は湿気にも弱く、暑さにも弱い。生きることに向いてません。生きているのが不思議です。本作に出てきた森の中の離宮には憧れますが花粉だけではなく虫や動物の毛も駄目なので実際は地獄だろうなと思うと、ロマンスにも向いてないです……。

white heart

黒《くろ》き覇王《はおう》の寡黙《かもく》な溺愛《できあい》

北條三日月《ほうじょうみかづき》

●

2018年6月4日　第1刷発行

定価はカバーに表示してあります。

発行者——渡瀬昌彦
発行所——株式会社 講談社
東京都文京区音羽2-12-21 〒112-8001
電話 編集 03-5395-3507
販売 03-5395-5817
業務 03-5395-3615
本文印刷—豊国印刷株式会社
製本———株式会社国宝社
カバー印刷—豊国印刷株式会社
本文データ制作—講談社デジタル製作
デザイン—山口　馨

ISBN978-4-06-286987-4